純愛小說教主 **晴菜** 首部短篇作品

寂寞物語

Longly Story

無論愛或不愛，沒有人逃得過寂寞。

。總編輯的話。

等待總是值得

「妳還要跟我耗啊?就乖乖答應交稿了吧!」

「……」

「交稿的時間,妳就自己去確認清楚囉。」

「……」

那天,看著和晴菜在MSN上的對話,我開始分不清現實與虛幻,向來拽著作者,硬要他們吐一個交稿時間點,作爲編輯的我,爲什麼竟會遇到一個外貌、聲音都那樣嬌弱的作者,用如此蠻橫的催稿口吻,逼我吐出一篇文章,放在她即將出版的短篇作品集裡?難道這就是所謂的「夜路走多了,總會遇到鬼」?

說眞的,要回想當初與晴菜之間的合作緣起,實在太爲難人。我只記得那是二〇〇二年,我和晴菜合作的第一部作品,是《對面的學長和念念》,而後一轉眼,現在已經是二〇一二年了,時間向前奔跑的速度眞是快得可怕。

在這十年裡，晴菜總共出版了十部長篇作品，算下來，平均一年一本。照這個數字看來，晴菜並不是個多產的作者，每次希望幫她預先排定出版月分，晴菜總是百般推託，表示不想在有截稿壓力的狀況下寫稿。要她訂下交稿時間，眞是比要她的命還難。

但是，每當收到晴菜的作品，都會讓人覺得，等待是值得的。

晴菜的作品很有畫面感。閱讀〈奶奶的情書〉，就好似置身夏日鄉間，呼吸著清新空氣、感覺暖熱的風迎面吹來、腳下踩踏著泥土的氣息，而一頭銀絲的和藹奶奶就站在眼前，操著悦耳的台語，和自己溫柔對話。

晴菜的作品總是暖暖的。〈就要十九歲〉雖然是個帶點悲傷的故事，但小艾最終體會，即便不能感受彼此的溫度，但，自己不曾孤單飄泊，仍一直住在想念自己的人們心裡。不管是怎樣啃蝕人的離別，將來，總會再相遇；不管此刻是如何地疼痛刻骨，未來，總有希望與出口。晴菜藏在故事裡的心情與期待，令人心口微微發熱。

晴菜的作品，偶爾也讓人感到酸澀。〈在風裡〉，A段班的子言喜歡上B段班的陳威旭，甜甜的愛情，卻因爲男方太過看重彼此間的課業差異、旁人的流言蜚語，使得一段純眞的感情，只能飄散在風裡。太爲對方設想，原來也可以戕害愛情。

臨場感、故事設定、情緒轉折，在在令人感受一股細膩的溫柔，而這也是晴菜的作品令人期待、難以割捨的重要元素。

多年來，我們是如此喜愛著晴菜的長篇故事。藉由這次的短篇小說作品集《寂寞物語》，將看見晴菜的文字裡，另一種輕盈跳躍的節奏感，絕對會是新的驚喜。

*目錄 Contents

。總編輯的話。等待總是值得……003
—奶奶的情書—……009
—保護你—……043
—莎莎的分手快樂—……055
—想念，因為我們靠近—……087
—在風裡—……117

—瑪雅的枴杖—⋯⋯145
—卡農，桂花香—⋯⋯181
—寂寞物語—⋯⋯211
—就要十九歲—⋯⋯245
—星星效應—⋯⋯275

—奶奶的情書—

我從小學三年級開始，每年暑假都幫奶奶看一篇文章，每一回她只讓我讀一個段落，因此，我到近幾年才察覺到那是一封信，一封神祕的信。

發黃粗糙的十行紙、工整好看的筆跡、溫柔兄長的口吻。奶奶常要迫不及待地問，上面寫了什麼。

奶奶很少拿出來，不過我知道它被收在哪裡，而且愈來愈想對它追根究柢。

「儀：

再繁華的言語也會隨著歲月蒼老、消滅，文字的生命似乎比我們都長，所以我用這封信和未來的妳對話。」

我叫珮珮，珮珮是小時候掛在大家嘴上的小名，一個單音被重複了，聽起來像叮噹響的音樂，現在還這麼叫我的，我想只有奶奶了。

打從小學起，每年夏天我就到奶奶家過暑假，我算是被奶奶帶大的，爸媽在大陸的工作量隨著溫度而攀升，他們沒空照顧我，於是我比鄰居小孩多了一項城市到鄉下的遷徙功課。

比較起來，在眾多兒孫當中，我和奶奶最親，原因之一當然是我每一年都會過去和她生活兩個月，翻開自然科學的課本後，我開始為此舉感到驕傲，原來我跟候鳥一樣。

奶奶的身子骨很健朗，除了打理自己的生活外，她還種菜，早晨我陪著她為心愛的植物澆水，空心菜、高麗菜、絲瓜、地瓜……我們點名一般走過翠綠的園圃，後來我發現缺少芬芳的點綴。奶奶說她不愛花，奶奶是務實的人。

奶奶一個人住，不過她有很多熱情的鄰居，等我年紀再大一些，我問媽媽，才知道奶奶從好久以前就是一個人，她的丈夫英年早世，奶奶守寡了五十多年，大家都說她了不起，奶奶只是微微笑，似乎那和了不起無關。

比較新奇的一點，奶奶的興趣是看電視，而且哈日，不僅裝了第四台，還要爸爸幫她接上日本衛星，所以我不怕會閒得發慌。她有時候看娛樂綜藝，有時候看看相撲，連新聞報導了日本的消息，奶奶也會湊近身子仔細聆聽，沒有偏愛的節目，好像只是要注意出現在螢幕上的每一個人，行人、觀眾、相片等等，我懷疑日據時代並沒有強化奶奶的愛國情操。

不管年輕時代的奶奶漂不漂亮，現在的奶奶擁有一頭美麗的白髮，就像一片鋪落均勻的雪地，會隨著光線角度的變化，轉換成深淺不一的銀色，她將不知有多長的頭髮盤成髻，數十年如一日地用一支玉釵固定著。奶奶很保守，常常叮囑我別把頭髮染了色，她說染色的工作「時間」自然會動手。

我從小學三年級開始，每年都幫奶奶看一篇文章，每一回她只讓我讀一個段落，要看下一段就得等明年夏天了。因此，我到近幾年才察覺到那是一封信，一封神祕的信，奶奶很少拿出來，不過我知道它被收在哪裡，而且愈來愈想對它追根究柢，那大概是男人寫的，發黃粗糙的十行紙、工整好看的筆跡、溫柔兄長的口吻。奶奶常要迫不及待地問，上面寫了什麼。

對了，奶奶不識字。

今年，我又來了，拖著一只輕巧的行李箱，頭戴一頂軟呢白帽，站在不經粉飾的泥土小徑上，面前一大片酷似宮崎駿作品「龍貓」的田園景色，南風帶來雜草被曬乾的氣味，沒有高樓大廈的屏障，天空那抹蔚藍看得一清二楚。

五年前我就不需父母接送，我會搭火車南下，再轉兩小時才一班的公車，然後走過一段三十分鐘的鄉間小路，繞進奶奶的三合院。

公車剛走，揚起漫天黃沙，我熟練地摀住口鼻，鼻腔透進防曬乳香膩的味道，正打定住意要換掉這牌子，忽然從半瞇的視野看見桑樹上的人影。他也發現我，抬起頭，用一種三分之二驚訝、三分之一淡漠的表情望著我。

俐落的平頭，黝黑的膚色，秀淨的輪廓，手腳修長得像隻瘦猴子。

他在摘桑葉，家裡養蠶，他說這裡的桑樹長得最好，常常帶著這邊的小孩在樹叢爬上爬下，身穿被枝幹勾破的衣裳，最討厭襯衫和鞋子，他狡辯著反正衣服還會更破，幹麼要拿那些體面的衣服開刀？他是高至平，在十公里外的一所高中念書，我們同年。

高至平縱身從樹上躍下，把一堆桑葉收進大大的菜籃袋，朝我走來，當他停下，我有些意外，他不穿鞋，卻還是比去年要高我許多，有點奇妙的壓迫感。

「妳又來了喔？」他說，下巴抬高四十五度角，落下十分輕蔑的眼神。

「你買菜啊？」我說，惡意地挑揚唇角，不輸他的壞。

他皺個鼻，一把將袋子往背後甩，掉頭向前走。那袋子飛撞了我一記，我按住胳臂，瞪他若無其事的背影，索性加快腳步跟上去，甚至超越他，聽到他唉叫一聲，哈哈！被行李箱輪子輾過的滋味一定不好受吧！

「悍婦。」

我敏感地聞聲回頭，高至平依舊肩負那只可笑的菜籃袋，一隻手鬆鬆插在口袋，邊看著一整排搖曳的桑樹走路。

我轉回頭，讓我的音量剛剛好超過行李箱輪子賣力翻越一地石子的噪音：「草包。」

他的腳步聲停頓一下，我還聽到倒吸空氣的鼻息，不禁洋洋得意地壓壓白帽子。

「嬌生慣養。」

還說？

「史前猿人。」他分明野得跟未進化的人類沒兩樣。

「西瓜皮頭。」我剪短了頭髮，像個民初時代的女學生。

「你很幼稚耶！」

「生氣的人不更幼稚？」

「我不要跟你說話了，你離我兩公尺！」

我氣呼呼一直往前走，那傢伙安分地安靜一會兒，突然快步跑到我前頭，不多不少的兩公尺外，轉身，倒退著走，擺出品頭論足的姿態。

「從後面看，妳下半身腫得跟不倒翁一樣。」

「高至平！」他拔腿就跑，我羞憤夾帶惱怒地追上去：「你不要跑！有種給我站住！不要跑！」

「笨蛋！我要離妳兩公尺啊！」

我和高至平的宿怨自他數年前從我頭上扯下第一只緞帶花就結下，小時候我常紮兩根辮子，繫著奶奶給的緞帶花，他總在扯過我辮子之後，還要連本帶利地把緞帶奪走，漸漸我已經懶得再清算他的戰利品有多少，追打那壞蛋比較要緊。

我讓奶奶照顧多久，就認識高至平多久。

不過，過了今年暑假，我就是大學生了，學校在台北，離家有段距離，爸媽答應讓我在學校附近租房子，我可以獨立，再也不用來這裡寄人籬下。雖然捨不得奶奶，可一想到從此能擺脫這可惡的傢伙，還是忍不住要歡呼，這是我在這裡的最後一個夏天。

「我們相識十八年的日子，如果這段短暫時光可以成就一輩子，那麼一定是有人的勇氣得到了回應。如果我們的時間僅止於這十八年，話，非說不可。」

我一路追著高至平來到奶奶的三合院外，原本三十分鐘的路程以不到一半的時間衝刺抵達，我氣喘噓噓再罵不出話，高至平則背靠磚牆，仰望天空調勻呼吸。

眞搞不懂，好像我每回都要這麼死命活命地奔過來，一定是因爲都會遇見他這討厭鬼。

「喂！」他出聲。

我立刻用力掩住耳朵，「我不要聽！你不要再跟我說話，我跑不動了。」

「妳奶奶最近身體不太好。」

高至平緩緩地說，他很少露出這樣嚴肅的神情。我慢吞吞放下雙手，有些無措。

「五月的時候奶奶動過手術，妳知道吧？」

我點點頭，可那次手術已經摘除奶奶的子宮和卵巢，我不記得那是什麼病，反正是和腫瘤有關。

「聽說動過手術的人都會元氣大傷，妳就……多注意一下吧！」

「嗯……」

不怕不怕，奶奶向來健康，應該可以恢復得不錯。暗暗自我安慰後，我抬頭看他，他那單眼皮的細長眼眸也正定焦在我身上，瞳仁很黑很黑，飽含情感。我早就發現他一雙水汪汪的眼睛，只是從沒機會好好端詳。

「總之，懂事點，別像小孩子給人家找麻煩。」

「你憑什麼跟我說這種話？明明自己最像小孩子！」

眼看戰火再起，奶奶矮小的身影不知不覺出現在菜圃，高至平很快收起痞子站姿，一副品學兼優的好孩子模樣，這僞君子！

「珮珮，妳來啦！」奶奶笑瞇瞇朝我揮揮手，再向高至平打招呼，「平仔，你送我們家珮珮過來喔？進來坐，我有煮綠豆湯。」

我「噗」地忍住笑意，不理高至平投來的瞪視，誰叫他平常老愛在奶奶面前裝乖，才會換來台語的「平仔」稱號，下次我得記得用這個蠢小名笑他。

「不用啦！我家等我把桑葉帶回去，下次我再來。」高至平的台語很溜，可以和這裡許多長輩天南地北地聊，不像我，我的台語極不輪轉，講到不會講的地方，就乾脆直接把國語搬出來濫竽充數。

「珮珮，坐車很累喔？等一下再做飯，有荔枝，先去吃，先去吃。」

「好啦！奶奶妳身體好一點沒有？」

我親暱地上前挽住她肘臂，驚覺到奶奶比印象中瘦多了。不過她現在笑得很開心，直說身體很好，然後二度提起那鍋與高至平無緣的綠豆湯。

我把行李和帽子丟在房間，坐在客廳木桌前喝綠豆湯，奶奶則繼續待在菜圃拔雜草，不畏毒烈陽光，她彎著身工作，其實就算她不特意彎腰，奶奶的背也駝了，而那頭白髮卻較往年銀亮，整齊的髮髻、一支玉釵，看久了，奶奶在菜圃的光景猶如被框進一幅水彩畫。

我以後就看不到了。

眼眶一濕，我匆匆低下頭，攪攪混濁的綠豆湯，這時奶奶揚聲和我聊天，幸虧聊的是高至平，我的惱意可以暫時驅離傷感。

奶奶說，高至平因爲用功，考上一所很棒的大學，她記不得學校名字，只說高至平那孩子開學後也要離鄉背井。

我不表示任何意見聽著，湯匙中的綠豆湯不斷朝碗裡傾淌，直到奶奶又丟一句「以後妳來就很難見到他了」，我回神，吸掉湯匙中所剩無幾的湯汁，佯裝專心享用這道甜品，見不見他又不干我的事，而且，見不到最好。

晚上，我爬上奶奶爲我鋪好的床，放下蚊帳，電風扇左右來回吹送涼風。我平躺在蟲鳴不絕的夏夜，莫名有了失眠的預感。

眞奇怪，我始終惦記自己將不再回到這個地方，卻從未想過，有一天會見不到那傢伙。

如果我眞的見不到他了，會怎麼樣？應該不會怎樣，只是……我很在意這個問題。現在，愈是逼自己接受這個事實，往事竟一幕幕湧上來，像走馬燈，在腦海裡轉。我觀覽得些許暈眩、茫然，似乎我們應該會一直這麼打鬧下去，似乎，離別還在遙遠的地方。

我還是失眠了，我把今晚的睡眠給了不曾珍惜的童年回憶。

「我們通常不會去意識『成長』的變化，因爲太近。最近我常回想，想起在後院沙堆和我打土仗的妳；在樹林玩捉迷藏因爲找不到我而哭泣的妳、正要去小河那兒洗衣服不正眼看我的妳（我不記得原因了，當時我們吵架了嗎？），還有，從摘滿梅子的竹簍拿出一顆最乾淨的梅子遞給我的妳……」

過幾天，再遇到高至平，我信口問他考上哪間大學。

他看起來不太想告訴我，緘默一會兒，傲慢地回答：「反正是妳考不上的那間。」

總之，那傢伙的惡劣不是三言兩語就可以講完，我後悔當初一時心軟而興起不捨的念頭，更何況，也不是眞那麼想知道他的學校是哪一間。在這平和寧靜的鄉下，我在乎的只有一件事。

我等著奶奶把信拿出來，那封神祕得要命的信。

一個星期過去了，引領而盼的信件始終沒出現，好像奶奶根本忘了這回事。早上她照顧那塊菜圃，看完一個日本節目，和鄰居聊到中午，然後坐在搖椅上打盹，醒來再看一個日本節目。到了晚上，奶奶做針線活兒，偶爾她會要我在旁邊看著學，她常叨唸，女人這活兒要是做得好，肯定會贏得讚賞，做不好就被數落。她還說，雖然時代在變，不過有些祖宗傳下的體統還在正軌上，我要是盡本分地學，也算是長一點女人的才德。

其實，我不太懂奶奶在說什麼，可能要她那一輩的女人才會點頭認同吧！我只曉得奶奶認眞地遵守三從四德的禮教，別人或許認爲迂腐，我倒覺得這樣的奶奶挺可愛的。

不過，正因爲如此，我對那封信的好奇心更大，那樣深情款款的文字應該不是奶奶那個年代可以輕易接受的吧！到底是誰，這麼大膽地挑戰傳統的權威？

有個下午，大概是三點的時刻，奶奶豆子剝著剝著睡著了。我仔細觀察她純眞的臉龐，再昂首瞧瞧奶奶房間的小木櫃，歷史悠久的斑剝木櫃抽屜有個鑲珠盒子，半月形狀，奶奶就將那封信放在裡面。

我以最輕巧的動作把膝上的塑膠盤和沒剝完的四季豆放到旁邊椅子，躡手躡腳繞進屋子，還不時回頭看她動靜。我不是想當壞孩子，剝豆子眞的太無聊了，而且怎麼等都等不到奶奶拿信給我，我看我自己來好了，只是要複習我先前看過的部分，當然，如果不小心瞄到下面的內容，那也不可抗力，人類的視角就那麼大嘛！

我偷偷摸摸潛入奶奶房間，這房間向來就得到我格外的敬重，那裡瀰漫著四〇年代的暮色光線，空氣中隱隱一絲焚香味道，聽說是從前大家閨秀愛用的薰料，二十來條的繡帕展示般地鋪在竹籃上，宛如奶奶克盡女人本分的驕傲和證據。

拉開木櫃上頭的抽屜，裡面什麼也沒擺，就一只珠盒。臨動手之際，我再度不放心地探探外頭的奶奶，嗯！睡得很安穩。

好，那封信，奶奶非常寶貝的信，現在在我手中了，掂著它幾乎毫無重量的紙張，頓時感到指尖在發抖，我正在觸碰不屬於我這一輩的領域，儘管我有福爾摩斯的精神，但並不確定自己該不該這麼做，侵犯奶奶的隱私令我害怕，於是我反覆深呼吸數次，咬咬唇，突然退卻，心想還是把信放回去好了，反正奶奶早晚會拿給我看的。

當時，高至平的聲音驀然在大門口響起。我嚇一跳，本能的反應下，倏地把抽屜推進去，木頭撞擊出過大聲響，我逃出房間，定在走廊。高至平正巧來到奶奶的搖椅前，手捧一顆大得不像話的西瓜，狐疑地看我。

我也望著他，卻是一臉倉惶，過度的驚嚇使得心臟劇烈跳動，最慘的是作賊心虛害我臉頰燙得不得了，尤其他的注視還在，更是進退不得。

奶奶醒過來了，迷迷糊糊眨了幾次眼，總算看清楚來者何人，親切拍拍高至平的手。「平仔，你來了？怎麼抱一個這麼大的西瓜？」

「喔！我媽說要給妳啦！這西瓜很甜，今年種得很好。」

「好，好，要替我謝謝你媽媽喔！」奶奶歙歙，找不到我，「咦？珮珮呢？」

於是高至平銳利的視線又回到我身上，我笨拙地開口說「在這裡」，雙腳依然動彈不得。

「珮珮，把西瓜拿進去，放在廚房桌上。」

奶奶交代，我當場騎虎難下，怎麼辦？信還牢牢地握在手上。高至平注意到我躊躇的異樣，略略瞟我藏在身後的手一眼，飛快閃過一縷聰明的瞳光，他發現了！

「奶奶。」高至平把西瓜擱在我剛剛坐的椅子，前去央求奶奶：「我媽還想問妳的絲瓜怎麼種的，她怎麼種都失敗。」

「絲瓜？絲瓜喔……哎唷！那很好種，來，來，你來看。」

奶奶古道熱腸地帶他去園圃，見他們都走了，我趕緊溜進房間把信放回原來的盒子，關上抽屜，回到客廳，再把那顆水分豐沛的西瓜抱進廚房，出來時，高至平還在園圃認真聽奶奶傳授訣竅。

那傢伙……不，高至平先生，高至平救了我，我心知肚明。

我站在門口，掙扎著待會兒要不要向他道謝。他曾經一度側頭瞥來，一觸見他目光我便不由自主地臉紅，高至平挑高一邊眉梢，再淺淺揚起一邊的嘴角，瞬間有道超級無敵霹靂的狡猾笑意射向我。我受傷地退一步，確定那背後的意思是我的把柄落入他魔爪之中了！

＊

事後，奶奶堅持要回禮，要我拔些空心菜給高至平帶回家去。

奶奶進廚房做飯，我可憐兮兮蹲在土堆上拔菜，有的菜根扎得深，得費好大力氣才拉得出來，手痛痛的。

而高至平則涼涼倚著籬笆袖手旁觀，我從頭到尾都沒看他，並不是因爲和他誓不兩立的關係。

「喂！妳做了什麼壞事？」他冷冷質問。

「我沒做！」我用力扔下一把空心菜，脫落的泥土濺到我的柏肯涼鞋上。「就算有也不告訴你。」

「哼！妳不說，我就跟妳奶奶告狀。」

「你……你要告什麼狀？明明什麼都沒看見。」

「反正妳鬼鬼祟祟的一定有問題，不說？那我去說。」

「等一下！」

如果可以，我一直都希望那封信可以成爲我和奶奶之間的祕密，我喜歡奶奶，而且願意替她保密，好像我爲她做了什麼了不起的事情。現在，因爲我的不老實，這個願望是無法達成了。決定向高至平招供以前，我覺得自己好糟糕，但是，要是對方不是高至平，打死我也不會說的。

我想高至平是個比我還會守密的人，雖然不甘心，不過我眞的信任他。

我把我所知道的都告訴他，除了一樣，方才拿到信的時候，我看見沒摺齊的信紙露出這封信的最後一行字，也是寫信人的署名，杰筆。

高至平聽了，沒什麼太大反應，蹲下來與我齊肩，皺眉思索，只猜測那個寫信的人很可能是奶奶早逝的丈夫，他說丈夫寫信給妻子也沒什麼大不了。

「高至平，你知道我爺爺叫什麼名字嗎？」

「問我？那不是妳爺爺嗎？」

「他在我出生前數十年就走了耶！我……沒想過要問他的名字，反正，叫爺爺就行了嘛！」

「那現在幹麼問？」

「……好奇。」

他露出「妳無聊」的表情，想想，又說：「去看妳奶奶的身分證不就知道了？」這也是個辦法，不過那表示我得先偷拿她的錢包才行，不可以，不可以，第一次犯案就失手，哪敢再來第二次。

或許就像高至平猜的，信是奶奶的丈夫寫給她的，因爲他在年輕的時候就過世，所以奶奶才會那麼珍惜那封信，如同這些年她珍惜著他妻子的身分。

「恍然驚覺，妳不再是那個像妹妹的小女孩，我也不再是那個以不在意的目光看著妳的男孩。大概是這種在意的心情驅使，我已不能安於過去與現在，甚至要奢妄描繪未來。」

「啊！」

無意間，我觸見高至平骯髒的腳踝上有道同樣骯髒的傷口，紅紅的血漬自污泥中透出，導致傷口的深淺無法辨識。

「你的腳受傷了，你知道嗎？」

「嗯？」他掉頭往後看看撐高的腳踝，無所謂地，「喔！剛剛被鐵釘刮到。」

「拜託，有鞋子又不穿，現在搞得這麼噁心。」

我逼著他把傷口沖洗乾淨，然後從背包找出必備的ＯＫ繃，不等我幫他貼上，他馬上把腳抽回去，抵死不從：

「我……我才不要貼那種有狗圖案的ＯＫ繃咧！」

「這是史努比，很可愛呀！」

「隨便啦！男生怎麼可以貼那種娘娘腔東西？」

「你不要那麼龜毛好不好？龜毛才娘娘腔。」

他乖乖噤聲了，我因爲佔了上風而有點沾沾自喜，故意要找個最明顯的貼法，以致於沒發覺當時我們之間的距離已經非常近，非常的近。

一面低頭瞄準傷口方位，一面暗自納悶高至平出乎意料的沉寂，我終於忍不住稍稍抬移視線，看到遠遠西方火紅的夕陽以及我短而直的髮絲不停撲到他胸前。

「好香喔……」

高至平略嫌沙啞的男性嗓音擦磨過我頭頂，我驚怔一下，整個抬起頭，撞上他來不及閃避的多情黑眸，是我從未想過的迷人深邃。

那一刻，他似乎急於向我表達而受阻，所以快速別過臉，脫不去的尷尬。

「我……只是想問妳用哪……哪個牌子。」

「咦？」他的尷尬好像會傳染：「洗……髮精嗎？坎妮的……」

「坎妮……沒聽過。」

高至平說著說著就沒聲音了，場面好冷，凍得我也抖不出半句話，僵持半天，最後他主動說要回家。

我就在籬笆口送他，他手提一袋剛拔出的空心菜，因爲腳上太過可愛的ＯＫ繃，而不自在地一楞一楞地走，那模樣眞夠蠢，可是……可是……

我還抱微微顫抖的身體，目送他的背影慢慢融入那方橙紅色的夕暮之中，風吹著我的髮，那剛剛觸摸過高至平胸膛的髮梢，現在正輕輕搔拂我的臉，我的臉在這陣涼風裡更顯燙熱，一定……一定是跟那輪快沒入地平線的日頭一樣吧！

「然而，藍圖雖美，每每我睜眼見到的，卻總是還未上色的世界。信寫到這裡，我站在原本荒蕪乾涸的地土，才覺得色彩逐漸豐富，那原因必定是和妳有關。」

高至平已經走得很遠很遠了，我卻還不想離開，好奇怪，對這樣的守望上了癮。

我抓了一束柔軟短髮到臉頰邊，嗅聞他說「好香」的洗髮精香味，輕快回想他靦腆的面容，然後……在掌心裡歡喜地笑了。

＊

時節進入了炎熱八月，我在鄉下徹底感受到夏天的威力，白天，所見之處盡是金黃黃的閃亮光景，有時當我心浮氣躁地坐在屋簷下揮舞扇子，還能看到日正當中的路面蒸浮著裊裊的熱氣上騰。

奶奶就是在這樣的酷暑倒下的。

我發現她動也不動倒在院子之後，慌慌張張跑到鄰居家敲門，我只知道從都市坐到這裡的公車，不知道從這裡到醫院的車子。

好心的鄰居開車載著奶奶和我到最近的一家醫院，也費去半個鐘頭的時間，我在車上完全亂了方寸，爸媽都不在，奶奶身邊的親人只有我，沒來由一股衝動，想哭又不敢哭，鄰居的嬸嬸拚命安慰我，我沒聽進去，世界……一下子變得亂糟糟的。

醫生檢查過後，建議奶奶轉院，於是奶奶又到了更遠的醫院，確定必須住下來了。

他們問我還有沒有其他親屬，我回答得打電話聯絡他們，而電話號碼都存在我來不及帶出的手機中，於是鄰居嬸嬸要我回奶奶家去，一方面聯絡長輩，一方面幫奶奶帶換洗衣物來。我不要他們送，他們大人留在奶奶身邊比較妥當，我選擇自己搭公車回去。

公車開了好久，久到我胡思亂想著奶奶許多事，後來強迫自己停止，轉而看看公車上的乘客。乘客少得可憐，只有三個人，一個是面露兇光的醉漢，一個是打盹的歐巴桑，一個是我……白天日光照得車廂內異常刺眼。

原來我是孤單的，沒想到這孤單在無依失措的時刻竟如此鮮明。

該下車了，門開，我步下公車階梯，打住，吃驚望著泥土路上的高至平，原本坐在路邊腐朽的長椅，見到我，才靈敏地起身，簡直就像……就像一直都在那裡等候，他孑然的倒影在我眼底從未這般溫柔。

走下車，公車留下一片厚重的飛塵開走了，高至平朝我跑來，滿臉擔憂。

「珮珮！我聽說妳奶奶的事，她還好吧？」

一聽到「奶奶」的字眼出現，我真的不行了，當眼眶溫度急速升高，淚水立即撲簌而下，停也停不住。我知道我哭的樣子很醜，也知道高至平一定被我嚇著，但是，我遇到了一個能夠傾洩悲傷的人。

「昨天村裡慶豐收，大家都唱著歌，獨獨我，我特別凝視妳的笑臉，好燦爛，於是我也輕輕地笑了。妳問為什麼，我終於知道答案，我的幸福在於妳。」

高至平陪著哭哭啼啼的我回家，一路上他沒說過半句話，不過會盡量走在離我不太遠的地方，直到他第五次回頭留意我，我才加快腳步跟上去，在他旁邊。

他不自然地看我一眼，「……我會幫妳。」

說真的，他那句話沒頭沒腦，可它究竟有什麼魔力，我不明白，一聽便想再落淚，於是我匆匆應一聲。

「嗯！」

他在等我。從前怎麼都沒發現？高至平總是在公車下站的地方等候，每一年暑假我來，第一個進入眼簾的風景一定有他，這一段長長的三十分鐘路程，他陪著我走完，太習慣了，我始終渾然無覺。

「……謝謝。」

高至平佇立了一下，又繼續往前走，不怎麼好意思地「喔」一聲。他一定不曉得，我的道謝不僅僅為了那句義氣之言，也為了從小到大他的默默陪伴。我們並肩走著，他赤裸的腳步和我穿涼鞋的腳步，一前一後、一前一後，在綿綿蟬鳴當中，原來是那樣好聽。

＊

那天，我簡單揀了幾件奶奶的換洗衣物和日常用品，前往醫院之前還環顧房間一遍，以免有所遺漏，然後，靈光一閃！

那封信！

在木櫃前站了好一會兒，我畢恭畢敬地把信拿出來，夾在我打發時間用的小說裡，這樣才不會摺到。

醫院在最短的時間內幫奶奶開刀，醫生什麼也沒做地又把傷口縫合，聽說奶奶腹腔長滿了惡性腫瘤，一個星期，最久。

儘管如此，奶奶見到我私藏給她的那封信時，還是很高興地笑了。

不用照顧菜圃和做家事，奶奶和我空出好多聊天的時間。她講了不少過去的往事，大部分是日據時代的故事，每每說到當年村裡有些年青人被抓去日本，奶奶就會難過地暫停一陣，我則趁著空檔猜臆那就是爲什麼奶奶那麼愛看日本頻道，她大概想在裡面尋找從前的友人吧！奶奶好傻。

醫院有些表格需要填寫，我找出奶奶的身分證代爲執筆，這才發現奶奶身分證的配偶欄寫著「許光山」的名字，並不是寫信的人。

那麼，寫下那封信的人又是誰？會是當年被抓去日本的年青人之一嗎？奶奶是相親結婚的，如果她的丈夫不是特別浪漫，就是奶奶在數十年前收到一封珍貴情書了。

我專心傾聽奶奶委委述說那年的戰亂，漸漸補捉奶奶藏了半世紀的祕密，她有個青梅竹馬，很愛很愛奶奶的青梅竹馬，年青人在臨走之前寄了封情書給她，不再回來。

「從今以後，在妳身邊與否便不是我的憂慮，即使國界的距離讓我遙看不清，即使漫長的時間催老了記憶，我也都在努力聆聽，聆聽關於妳幸福的消息。」

住院期間，奶奶的兒女紛紛趕到了，包括在大陸作生意的爸爸。他要我回奶奶家，醫院有他們大人在就好。我才不要，和奶奶作伴本就是我每年來到這裡的重要目的。

奶奶的訪客絡繹不絕，都是村裡的人，高至平就來過好幾趟，大人們有自己的話題，通常我都和他在一起講些瑣事，順便鬥鬥嘴。有一回，他剛離開，奶奶便語重心長地對我說：「平仔是好孩子。」

就這樣，當時我聽得摸不著頭緒，奶奶也沒再多說什麼。事後我私自假設，奶奶也許是想告訴我，高至平是好孩子，不要錯過。想到這裡，我趕緊用力搓掉手臂上的雞皮疙瘩。

有一天，大人都不在，不知相約去哪裡談後續事情了，把看護奶奶的重責大任交給我，我已經準備好要跟她說一整天的話，例如在台北順利找到了賃租的公寓及新室友、將來打算加入新聞社……好多好多事情要和奶奶分享。

那天午后，我拎著小背包走進病房，奶奶的床位靠窗，她醒著，正在觀看窗檻上的麻雀，精神不錯的樣子。我一走近，啄食中的麻雀立刻飛走了，天空響起第一聲夏雷。

奶奶病床旁邊有不少機器，她轉頭歡迎我時，我覺得那些精密的儀器和奶奶一點也不搭調，奶奶適合和古意盎然的家飾為伍，奶奶不該在病房裡的。

望著變得削瘦虛弱的奶奶，我那一堆原本好玩的趣事數度哽在咽喉，突發的哀傷中還摻夾著急的情緒，該怎麼做……該怎麼做才能把奶奶留下？

「珮珮。」奶奶打斷我的聒譟，露出一抹淘氣微笑，從她枕頭下拿出那封信，遞給我。「唸給我聽。」

此刻，我夢寐以求的信件已經在大剌剌躺在我面前，不知怎的，我就是不想動手接取。奶奶推推手，示意我照做，我慢吞吞把信拿來，飽受風霜的紙張乾皺得像落葉，隨時都會粉碎一樣。

攤開它，蘊含古老情懷的氣息迎面撲來，我在轟隆雷聲下閱讀還沒看過的內容，那也是信裡的最後一個段落。

「珮珮，上面寫什麼？」奶奶期待地問。

我不願意把信唸完，似乎一旦唸完，奶奶便要走了。

一聲雷石破天驚地打下，撼得我抓緊信紙，抬頭看奶奶身後天空，單薄的陽光還在。

「珮珮？」

這一次奶奶輕搖我的手，我頷頷首，表示就要唸了，然後把信紙撫平，不再陌生的筆跡，書寫著以「死亡」爲開頭的最後字句。

「死亡不是生命的終點，而是生命的一部分，就像愛妳，是我幸福的一部分。我愛妳，現在的妳好嗎？」

我的聲音一停，空氣也跟著靜止，然後是無聲無息的時間，只有風時停時起地吹著。我連撥開臉頰上髮絲的動作都不敢輕舉妄動，只是盯瞧床上的奶奶，她依舊維持方才聆聽的姿勢，安詳的視線落在我看不見的遠方，皺癟的嘴勾勒著我不能會意的笑，淡淡的。良久，奶奶閉上眼，吐出長久以來掛念得以完結的嘆息，長而深，一切，一切正好圓滿。

*

八月九日，奶奶過世了。

奶奶走得比醫生預期得還要快，早知道我就別把信唸完。

奶奶的兒孫齊聚病房，痛哭失聲，沒想到做了再多的心理準備，奶奶的離去還是令我眼淚直掉。從今而後，就算我再回到這個地方，也只是與甜蜜而酸楚的回憶作伴了。

病房外的長廊，我緩慢地走，帶著奶奶要我代筆的回信。

奶奶這輩子沒離開過她成長的村子，奶奶不曾再嫁，她的執著……到頭來是一場心甘情願的等待嗎？而給她這般堅強力量的就是那封信了。奶奶是個嚴謹的女性，在掙不出中國傳統的束縛下，奶奶用一種安靜漫長的方式反抗，矜持多年，她終究只讓最親的我知道，等我認識的字夠多了，一共花了八年的時光把那封信讀完。

我搭電梯下樓，來到醫院大樓外的廣場，早晨起了一陣大霧，到現在外面都還白清清的，走近，才看到高至平在那裡，雙手插在褲袋，無聊地踢起水泥地的小石頭。

「你在幹麼？」

我先開口，他聽見時有些詫異，好像我會好端端地出現是件奇怪的事。

「我在等我媽。」他又詭異地瞥我一眼，「妳倒是最早出來的。」

「裡面的空氣不好。」

不好的不只有空氣，還有我的心情。

我反問他，挑釁的意味，「你呢？你爲什麼都不進去？」

「因爲妳們會哭得淅瀝嘩啦。」他倒很老實，也很討厭，「難看死了。」

「你說什麼？」我想起那天自己就在他面前號啕大哭，不禁惱羞成怒，「你這個人才冷血呢！哼！我說你一定偷偷躲在這裡擦眼淚。」

「我在等我媽啦！國語妳聽不懂喔？」

「台灣國語是聽不懂啦！」

「聽不懂就不要聽，懶得說！」他居然凶起來。

「你以爲我愛聽呀？土星上的包子和地球人本來就有代溝，土包子！」

我也不客氣地反擊回去，而且罵的是比他過分，我承認，不過今天的情緒實在是壞透了。

我一罵完，對著天空呼出一口怨氣，他也不再作聲，繼續踢著石頭，把其中一顆踢得老遠，撞上那邊圍牆，「啪」一聲，我因此側目瞄瞄滾到車輪下的石子，再瞄瞄一旁的高至平，忽然發現向來不愛穿鞋的他，腳上竟然套著一雙愛迪達球鞋，不只這樣，他還穿上水藍色的襯衫和牛仔褲，襯衫鈕釦扣到頸上第二顆，這傢伙……何時這麼人模人樣啦？

逮到機會正想出言譏諷，卻在同時恍然大悟，高至平他……他是刻意穿著整齊來給奶奶送別的吧！

如果要說高至平和奶奶的感情比我好，我也不能否認。今天，他一定也很傷心。

「啊！」

才回神，我弄掉了手上對摺的紙條，紙條剛好飛到他腳邊，他彎身撿起，走到我面前，我困窘地將之接過來，第一次聽到了他柔柔細語，感覺很舒服。

「妳奶奶……過世，我不應該跟妳吵架，對不起。」

我可以想像得到高至平鼓起多大勇氣向我道歉，而且也驚訝他會這麼做。他見我不答腔，便再說下去，「剛剛我一個人在這裡，本來……本來已經想好一堆叫妳不要難過的話，不過……」

高至平的話還是沒講完，我懂，卻也笨笨地沉默著。氣溫不太高的早晨，我和他面對面僵持半天，這是我們頭一次相處這麼久而沒有吵架的紀錄。

「哪！還妳。」

他交出一直提在手上的紙袋，我打開一探究竟，有十幾個舊舊的緞帶花在裡面。

「這是我的東西嗎？」我完全沒印象。

「那是……就是……」他變得心虛起來，「以前從妳辮子上搶走的東西，我沒丟，妳不記得了？」

我羞澀地抿抿唇，垂著眼注視手中奶奶的回信，依稀，那天她的話語猶在耳畔，暖和的音色，平仔是好孩子……

「放暑假之前，妳奶奶就說過，這是妳留在這裡的最後一年，妳奶奶還說……她很捨不得。」

我的鼻子狠狠一酸，我也很捨不得奶奶，奶奶好壞，她比我先離開了。

「喂……我問你喔！你爲什麼不告訴我你考上台大？」

我問，高至平迅速抬頭，「妳怎麼知道？」

「你媽說的。你還沒告訴我爲什麼。」

他爲難地搔搔後腦杓，最後逼不得已似地說：「妳要是知道我會去台北念書，一定不高興。」

高至平沒看我，但是我牢牢望著他，他清秀的側臉在散開的白霧下愈漸清晰。我霍然深深慶幸，慶幸自己出生在自由的年代，而自由給予勇氣義無反顧的力量。

我想，讀完那封信的奶奶決定回信，大概是她這一生做過最勇敢的事了。

我從小背包拿出史努比的便條紙和原子筆，在一輛車的引擎蓋上寫下地址和電話號碼，給他，他當下一頭霧水。

「那是我家和我學校公寓的地址，我爸媽你都熟，可以寫信給我。還有，手機我也留了，反正將來我們住得近，打電話會比較方便。」

就在八月九日的那一天，高至平很疼惜地笑了，我才知道他也有那麼好看的笑容。

「那麼，我打電話給珮珮。」

他個性不會囉嗦，所以只是簡單承諾，於是我又發現第二個從未注意到的新大陸，原以爲奶奶是唯一會喊我「珮珮」的人，奶奶走了，還有一個高至平。

*

奶奶的後事處理完畢，爸媽要帶著我一起回台北。前一天，我在一家小小文具店買了俗氣的信封，把奶奶交代我的紙條放進去，那是奶奶給對方的回信，我找高至平一起把信寄出去。

我們在奶奶的菜圃，把那封信和奶奶的回信擺在一起，點燃打火機，絢爛的火苗不到三秒鐘時間就吞噬了信紙，我靜靜看著那一段過去的故事和刻骨銘心的情感，隨著燻黑的灰燼消逝，風來的時候，碎片紛飛，奶奶曾經悄悄守候、名字有「杰」字的那個人……以後不再有人知道。

「我很幸福。」

爸爸開車載著我和媽媽離開的那天，高至平就在桑樹下送我們。我從後座大片玻璃凝著他打赤腳的頎長身影。我難忘的暑假，即將過去的夏季，愈拉愈遠，成爲一個模糊但色彩鮮豔的小方框。想起他在醫院外，小心翼翼把我寫給他的便條紙對摺再對摺，謹慎地收進皮夾，然後對我快樂地微笑，我晴朗如鏡的心底清楚，不用太久，我們很快就會再見面。

當我因爲他的幸福而感到幸福，我終於明白奶奶當時微揚的嘴角……是一種美滿。

＊

儀：

再繁華的言語會隨著歲月蒼老、消滅，文字的生命似乎比我們都長，所以我用這封信和未來的妳對話。

我們相識十八年的日子，如果這段短暫時光可以成就一輩子，那麼一定是有人的勇氣得到了回應。如果我們的時間僅止於這十八年，話，非說不可。

我們通常不會去意識「成長」的變化，太近了。最近我常回想，想起在後院沙堆和我打土仗的妳、在樹林玩著捉迷藏因爲找不到我而哭泣的妳、正要去小河那兒洗衣服不正眼看我的妳（我不記得原因了，當時我們吵架了嗎？），還有，從豐收的竹簍拿出一顆最乾淨的梅子遞給我的妳……

恍然驚覺，妳不再是那個像妹妹的小女孩，我也不再是那個以不在意的目光看著妳的男孩。大概是這種在意的心情驅使，我已不能安於過去與現在，甚至要奢妄描繪未來。然而，藍圖雖美，每每我睜眼見到的，卻總是還未上色的世界。信寫到這裡，我站在原本荒蕪乾涸的地土，才覺得色彩逐漸豐富，那原因必定是和妳有關。

昨天村裡慶豐收，大家都唱著歌，獨獨我，我特別凝視妳的笑臉，好燦爛，於是我也輕輕地笑了，妳問爲什麼，我終於知道答案，我的幸福在於妳。

從今以後，在妳身邊與否便不是我的憂慮，即使國界的距離讓我遙看不清，即使漫長的時間催老了記憶，我也都在努力聆聽，聆聽關於妳幸福的消息。

死亡不是生命的終點，而是生命的一部分，就像愛妳，是我幸福的一部分。我愛妳，現在的妳好嗎？

—保護你—

和悄安的交往是認真的，這無庸置疑，不過，論到承諾、一輩子之類的事，就是少了一份動力去好好考慮。

為什麼求婚非得要拿著戒指，說著只能維持幾分鐘之久的浪漫誓言呢？

不以行動表示點什麼，好像沒盡到責任似的，天底下到底有沒有那麼一對情侶，能夠心照不宣地一直在一起？

悄安的班機抵達多倫多那一天，天空飄著雪，雖是細細碎碎，短時間內也不會停止的樣子。

他那天突然意外地忙碌，原本說好無論如何也會抽空去接她，她卻笑說不用。

一整個白天，良信心神不寧，同事們都感覺得出來，識相地不去觸及他的焦躁。良信實在懷疑，悄安到底有沒有意識到自己是迷路的高危險群，他不相信她可以順利走出偌大的機場，並且一路平安到達他的公寓。

那天，他還是丟下討論新曲的事，趕到機場去。時間有些遲，等了半天也不見悄安，只有告示牌顯示她的班機已經準時抵達。

打電話回公寓沒有人接，他又被同事急召回去，一直忙到晚餐時間才得以解脫。

當良信懷抱忐忑不安的情緒回到公寓，發現他預藏的鑰匙已經不在原處了。

打開門，溫暖的鵝黃光暈灑滿一地，悄安包裹著毛毯沉沉熟睡。

於是懸蕩的心跳就止靜了。

她坐在地毯上，身體斜倚沙發，米色落地窗簾半敞，似乎是看著窗外零碎的雪光睡著的。

而他站在門口，久久不能稍移寸步，單是這樣遠遠望著她睡沉的臉龐，就覺得……

即使時間靜止，也會是一種幸福。

「悄安？」

他輕輕喚醒她，悄安睜開眼，慢吞吞給他一個舒服的笑容。

「我以爲妳會迷路。」

「機場的人員很好心，主動告訴我該怎麼走。」她頓頓，納悶起來。「我不是說過沒問題嗎？」

良信半晌答不上話。

但，他總是會不由自主地擔心她，認爲在任何事上，她都應該要受到照顧，不然一定會出亂子，縱使她一派輕鬆地說沒問題，然後眞的向公司請了假來多倫多找他。

她眞的來了，他心裡好高興。儘管高興……

在中國餐館用餐時，悄安察覺到他一如往常的體貼之外，還隱隱藏著一絲憂慮，索性單刀直入開口了。

「你是不是有事要跟我說？」

他愣一下，反問：「爲什麼這麼問？」

「我以爲你有話要說。」

她也沒直接回答他的問題，轉而專心去夾一顆滑溜溜的蝦球。

他不曉得向來遲鈍的悄安是怎麼看出來的，他心裡有事是眞的，只是不確定該怎麼向悄安開口。加拿大這邊的工作，無法如他先前預期的那麼快結束，手上的企畫剛起步，對方希望他能留下來，直到一切都上軌道，起碼也得花上兩三年的時間。

兩三年說長不長，說短也不能算短，不應該讓女生等他那麼久。如果可以，他希望悄安可以到加拿大來，和他一起。但在這之前，是不是要先求婚才對？有了名分，也才好要求人家搬來加拿大啊！不過，如果悄安知道他短時間內不能回台灣，是不是就不會答應他的求婚了？

到底應該先提加拿大的事，還是先求婚？說起來，他從沒想過自己也會有和某位女性步上婚姻的那一天，不是沒有打算，而是還沒那麼想像過。

和悄安的交往是認眞的，這無庸置疑，不過，論到承諾、一輩子之類的事，就是少了一份動力去好好考慮。爲什麼求婚非得要拿著戒指，說著只能維持幾分鐘之久的浪漫誓言呢？不以行動表示點什麼，好像沒盡到責任似的，天底下到底有沒有那麼一對情侶能夠心照不宣地一直在一起？

沉默持續好長一段時間，良信始終陷入自己天人交戰的思緒中。驀然間有另一隻手竄進來，攢住他手指。

他在返回公寓的路上回神，悄安偎在身邊，望著黑夜恬淡微笑。

「我第一次見到下雪的天空，第一次看著雪睡著呢！」

在他獨自煩惱不已的時候，悄安卻說起關於雪的事，他頓時感到好諷刺。

「我倒是看膩了呢！」

他才輕輕牽住她的手，便撞見悄安不可思議的表情，彷彿不敢相信有人對這般美景會有厭膩的一天。

「可是，不知道爲什麼，」良信望著她，不由自主地說下去，那一份不由自主的心情，連他自己都感到意外。「妳來了，今天的雪，看起來好像有哪裡不一樣了。」

悄安兀自抿起歡喜的薄唇，她懂了。貓兒一般，冷不妨挨近撒嬌，可愛得叫人捨不得放開，捨不得看見她純眞的臉龐……會有掛著淚珠的時候。

隔天有個家庭派對，良信帶了悄安一道去。他在加拿大的同事、朋友都不相信風流倜儻的良信肯把他的心交給誰，因而圍著悄安七嘴八舌地打量。

「哇！妳好嬌小喔！好可愛！」

「妳還在念書嗎？喂！良信！你該不會誘拐女學生吧？」

他們劈里啪啦問了悄安許多問題，也告訴她不少關於良信的事，更有不識相的人拿她和他那位美麗幹練的前女友相比。悄安一開始有點招架不住，不多久，便安靜聽他們說，偶爾回答問題或輕輕地笑。

硬是被架走的良信對悄安的處境有種遠水救不了近火的著急，早知道就不帶她來了。悄安生性文靜，哪能適應那些人的熱情和聒噪？剛到加拿大的第二天，肯定被這裡的人嚇到了吧！

「咦？他們很好玩呀！」事後，他向她道歉，她開心地表示不在意。

他很欣慰聽見她那麼說，稍後，又忍不住懷疑那是悄安體恤的回應。

「你會不會保護過度啦？」同樣出席過那場派對的友人提醒他。

大概……和悄安的初戀情人脫不了關係吧！那位過世的楊大哥是良信的學長，現在他和悄安在一起，感覺上就像楊大哥將悄安交託給他一樣。不管和悄安是不是男女朋友的關係，良信都覺得有守護她的義務。如今楊大哥不在了，他對悄安更是責任重大。

最近，就連想像悄安聽見他必須滯留加拿大時的神情，他都無端感到莫名恐懼。

「可是，你遲早得告訴她呀！」友人再次強調事情的必然結果。

反正，八成會把她弄哭吧！這也是避免不了的。

派對上的朋友說得沒錯，連他自己都懷疑世界上眞的有人能和他長相廝守。

悄安在加拿大這幾天，良信工作的時候，她就待在他的公寓寫寫小說。良信有空了，便帶她到各個觀光勝地去。日子過得十分充實，眼前愈是幸福，就愈不願觸及不幸的字眼。

有時，從旁凝視她面對壯麗風光的驚喜笑臉，胸口會隱隱作痛。

那痛楚，讓所有美好的事物都變得吉光片羽般易逝。

第六天，他回到公寓，卻找不到悄安人影。

「悄安？悄安……」

良信在客廳喚了兩聲，發現桌上她信手留下的字條。

他奪門而出，追到兩條街外的路口！才僅僅兩條街的距離，已經令他覺得漫長得永遠也找不到她似的。幸好，終究發現正在路邊攤看手工藝品的悄安。

這天的雪，和她第一天到多倫多的雪一樣大，悄安穿著在當地買的長襬大衣，用比手畫腳和有一句沒一句的英語與攤販主人交談，頭髮和肩膀都積了潔白雪花。

這樣的她，宛如畫中的一景，看似很近，卻不是眞實的。

「啊！良信。」她也發現他，招了招手。

他喘著氣走近前，還沒有恢復從容的能力，「妳怎麼自己一個人出來？」

「我留字條說要出來散步呀！」

他登時有點無言的愕然。悄安就是這樣，凡事都事不關己，好像憑著她那份無畏的傻氣便可以活得很好，完全不去考慮會不會迷路、會不會被拐走、會不會遇到可怕的意外。

「你看，我買了手機吊飾。」她雙手拎著兩條一模一樣的吊飾，開心展示給他看。

「我想給你驚喜，我們一人一條。」

他伸出手，對他而言，躺在掌心上的吊飾還殘留她暖洋洋的體溫，才是驚喜。

「就為了這個……」良信看著她，無奈地笑：「不覺得冷嗎？」

「下雪天本來就會冷，不是嗎？」

她的答案果然理直氣壯，儘管鼻子已經凍得通紅，像哭泣過的臉……

「悄安，我接下這邊的工作企畫，還得在加拿大多留一段時間。」

她停止撥掉大衣上的白雪，回頭看他。「一段時間……是多久？」

良信注視著她被斜飛的雪片包圍的身影，若隱若現，胸口又微微發疼了起來。

「兩三年。悄安，妳能到加拿大嗎？」

一瞬間，他明白了。並不是害怕她會掉眼淚，而是害怕聽見她說「不」，害怕她會放棄。

原來他是這麼膽小呀……

悄安聽了，圓睜著吃驚的眼眸，跟誰玩起了木頭人般，不動，也不說話。

他繼續說著連自己都覺得好笑的對白，哪有人盡說缺點呢，「這裡的氣候比台灣冷，人生地不熟，語言也不同，很多事都會不習慣……」

「沒關係，我會保護你。」

「嗯？」他怔怔住嘴。

「打從我來這裡的第一天到現在，你都一直很擔心的樣子。」悄安很有男子氣概地笑了，「你放心，我會保護你。」

他還是怔著，久久不能回神。

是什麼時候開始的呢？她已經堅強到出乎他的意料之外。

細細回想，來加拿大的第一天，她給他的第一枚微笑。她在不經意時，悄悄牽起他的手。她專心聆聽友人們絮叨的安靜側臉。還有她獨自在異國土地上爲他們買了手機吊飾的單薄身影……都是暗暗爲他著想的溫柔證明吧！

到底是誰照顧誰呢？

他想來好笑，感到一陣前所未有的挫敗，在悄安面前，他敗得心服口服了。

悄安接著說，她得先向父母報備，讓自己的工作告一段落，再飛過來找他才行。

她在一串雪上的足跡盡頭回身，漾著燦爛的笑，「我明天就得回去了。既然不用再擔心，是不是可以好好陪我了呢？」

「眞對不起，這幾天我老顧著想無聊的事。」

「無聊的事？」她困惑歪起頭，「現在……想完了？」

「嗯！只剩下一件重要的事要想了。」

「什麼？」

「明天妳就會知道了。」

「是嗎？」

沒再追問下去，而是興致勃勃地說起她剛剛怎麼跟攤販主人殺價。他很清楚悄安不是那麼喜歡追根究柢的人，如同悄安總能閱讀他的心思一樣。

不過，這一次他敢說，悄安一定不知道他新的煩惱。和她一起走在逐漸被雪淹沒的街道上，良信滿腦子只在乎悄安會喜歡什麼樣的戒指，還有，他該準備哪些台詞才好。

「你說，這個世界上會不會也有人和我們一樣呢？」悄安牽著他的手，眼神迷濛地守望紛飛雪花，驀然那麼問。

「怎麼樣？」

「很幸福，甚至要擔心明天再也不能一起看見這場雪，又幸福，又寂寞。」

方才的攤販已經在白茫茫的雪景中孤單隱褪去了，路上行人不多，一切漸漸寂靜下來，他已經牽牢她的手。

「一定有的吧！」

因爲深感世事無常，他的嗓音略微沙啞起來。

某些關於幸福的事，明明簡單幾個字就可以表達，就能夠懂得彼此，爲什麼要省去呢？

至於他的話，就決定明天在機場的時候說。肯定會很丟臉吧！不過這輩子丟臉那麼一次也就足夠了。

—莎莎的分手快樂—

我不曉得莎莎又看上哪一個男生，那並不重要，只希望莎莎真的能夠幸福，別和她母親一樣。

莎莎還說，把幸福討回來的方法，就是快快樂樂地揮別過去。

在某個短暫的時光中，我卻萌生過那樣的念頭：如果沒有人可以照顧莎莎，那讓我來，我也願意的。

莎莎她，她對我而言是一個特別的女孩。這麼說，不是代表我喜歡她什麼的。人的一生中，總有格外在意的人或物品，即使是海邊撿回來不起眼的貝殼也會有一段故事。我和莎莎的故事淵源是我們一起長大。從小，我一直都覺得莎莎這個人很奇怪，她連愛人的品味都跟別人不一樣。

小學六年級，莎莎喜歡班上年輕的英文老師，爲了製造接近的機會，她以優異的英文成績坐上英文小組長的位置。

高中二年級，莎莎對校門口的交通警察瘋狂著迷，她讀了好多關於法律的書，從此不怕沒有共同話題的窘境。

升上大學後，莎莎終於看上一位年紀和身分都和自己差不多的鄰家大哥，但還是有點另類，他是莎莎表姊的未婚夫，也是莎莎迷戀最久的一個。

莎莎收到喜帖的時候氣瘋了，把香噴噴的燙金紅紙撕碎成好幾百片，沖進馬桶。

「妳又不是不曉得他跟妳表姊訂婚了，沒必要這麼生氣。」我說。

莎莎在浴室用力洗手，說摸到喜帖手會爛掉。「小岳你不懂！他如果對我沒興趣可以早點告訴我！我知道他曉得我喜歡他！」

她大我一個月，所以堅持叫我「小岳」，當我被第一個女朋友甩掉時，莎莎掄起袖子揚言要替我教訓對方，而且，她還陪我喝光三瓶海尼根（那年莎莎剛滿十八歲，我還差一個月）。因此，說什麼我也不可能喜歡上一個比我精明，打架贏我，酒量也讓我望塵莫及的女孩子。

只是這一回對鄰居大哥長達兩年的戀情似乎眞的傷了莎莎，我想我猜得到爲什麼。

莎莎的父親是酒鬼，也是個賭鬼，總之他不是好人，他會動手打莎莎母親，偶爾也會波及莎莎。父母離異後，常聽莎莎宣告，將來她要找一個會照顧她的男人，要不然寧願不結婚。那位親切的鄰居大哥就很照顧莎莎，也難怪她一聽到這樁喜訊會不經大腦地就搬出表姊家。

「現在怎麼辦？妳要住哪裡？學校宿舍不可能讓妳在學期中辦理住宿，在外面找房子又得花一段時間。」

陪莎莎藉酒澆愁時，我們兩個苦無對策。那個晚上，她生平第一次喝醉，還吐了我一身。儘管如此，我還是背她回我租賃的公寓，並且收留她。

＊

莎莎一住進來，便塡補了我空出一半的鞋櫃、雜誌架上多餘的空間、沙發另一邊的座位、浴室落單的牙刷和毛巾，還有隔壁人去樓空的房間。

依婷離開時，把屬於她的私人物品搬得很乾淨，因此我們同居半年多的公寓到處都留下些許有形無形的空位，包括我的心臟。我傷心難過的時間並不長，只是發呆的時間變多了，也不太記得當初分手是不是個性不合之類的大眾化理由。

莎莎也喜歡發呆，她一出神，就會習慣性哼起一首歌。每當莎莎有一句沒一句唱著那些治癒系的歌詞，她的嗓音便特別滄桑沉穩，就像吧檯上醺人的蘭姆。

「這是梁靜如的〈分手快樂〉，很好聽啊！」

莎莎漫不經心地解釋常常哼唱的原因，不用猜我也知道，她是想藉這首歌讓自己好過一些。表姊的婚期愈來愈近，莎莎就愈來愈瘦，像根竹竿。婚禮當天，莎莎也去參加了，我發現她左手腕纏綁著一條有玫瑰圖案的手帕，我對那花瓣的赭紅色澤總懷著說不出的排斥，像血的顏色一樣。英姿煥發的新郎倌見到神情淡漠的莎莎和她手腕上的手帕時，臉色一陣青一陣白，她眞蠢。

爲了不讓她做出更多蠢事，我提議在找到新住處之前先到我那裡暫住。

「萬一你女朋友又回來怎麼辦？」

莎莎沒有馬上答應，她先問了兩個問題。

「她不會回來的。」

起初，我也認為依婷會回來，所以那一陣子經常不鎖門，不過分手都快七個月了，依婷還是沒出現，我卻愈來愈擔心家裡遭小偷。

「那，」於是莎莎雙手支著下巴，提出她的第二個問題。「你不介意我們孤男寡女的嗎？」

坦白說，聽到她這個問題的那一刻，我愣住了，整整五秒鐘，好像我才應該是發問的人。

「我不介意。妳會嗎？」

我忍不住反問她，她皺起眉，露出一種非常認眞的表情，慢慢地問：「你會愛上依婷以外的女人嗎？」

坦白說，莎莎從小就是個漂亮的女孩子，八成是遺傳到她在酒店工作的母親。長大之後，莎莎更是無懈可擊，她學會打扮，就是那種走在路上會多看她一眼的美麗人種。

莎莎懂得如何討人喜歡，打從五歲那年，她從賣地瓜球的阿伯多要到四顆戰利品，她便領悟到那是她與生俱來的天賦。記得小時候，莎莎把一個從義大利帶回來的昂貴碟子打破了，我們當場嚇得不知所措，但莎莎的反應比我快，她把我推向那一地碎片，自己則跑到牆角邊放聲大哭。大人趕來時，只見到我傻呼呼地站在碎片上，那天起，我被老媽罰洗三個星期的碗，眞不幸，我們家是開餐館的。

我雖沒揭發莎莎的惡行，可是我很生她的氣。後來莎莎趁店裡正忙，溜進廚房，幫我一起洗碗。

她問：「小岳，你還在生我的氣嗎？不然，我讓你打三下。」

當我看著緊緊閉起雙眼的莎莎，我就相信，莎莎眞的可以討任何人喜歡，包括我。

然而，我說過，我對她不是那種男女之情的喜歡，太熟了，大概。

爲了想要的特權，她可以裝得無辜天眞。爲了尋找能夠照顧她的男人，她願意做各種嘗試。也爲了閃避周遭的閒言閒語，莎莎學會了發呆。

三個星期後，莎莎的體重總算有回升的態勢，她從不離手的手帕也無故從左手腕消失了。

「妳的食量眞大。」

我對著客廳桌上散亂的鹽酥雞、披薩、滷味和泡麵兀自興嘆，她停下扯咬披薩的進食動作，揚起一抹男孩子氣的微笑。

「我每吃下一口，就覺得自己還活著。」

「啊？」

「日本人不是最愛研究夢與現實的問題嗎？就是那種……你怎麼知道現在的你不是在作夢？這種論調。」

「然後呢？」

「一樣的道理啊！你要怎麼證明自己還活著呢？」

「……吃東西？」

「這也是一種方法。」

她又笑了，嘴角妝點著白色起司，樣子挺得意的。

「妳還說？那為什麼當初又幹那種傻事？」

「……哪種傻事？」

「割腕啊！」

然後，有那麼幾秒鐘，莎莎像是患了失憶症般露出困惑的神情。恍然大悟後，她才拍一下手，甜甜笑道，「喔！那個呀！那是我假裝的啦！只是給那臭男人一點處罰嘛！繫上手帕看起來真的像是輕生過，對不對？」

有時候，只是有時候，我會真正生莎莎的氣，尤其當我發現自己原來白擔心一場。

「嘿！」莎莎輕輕挨過來，水亮的大眼睛眨呀眨。「你不高興了？我泡咖啡給你喝。」

從此，我就常常喝莎莎泡的咖啡，她在烹煮咖啡的等候中，也會哼那首〈分手快樂〉，我聽到都會背了。有一段是這麼唱的，「泡咖啡讓妳暖手，想擋擋妳心口裡的風」，也許是這樣吧！我覺得莎莎的咖啡特別美味。

「好溫暖喔……」

莎莎坐在我身旁的沙發，雙手捧住白瓷咖啡杯，一種被授予恩惠的姿態。她沒有立即將咖啡喝下肚，淨是凝注在眼前蒸散開來的白霧，用她獨特的嗓音說。

煙花三月早已過去，氣候轉熱了，莎莎這麼說的時候，我忽然覺得她四周的空氣冷颼颼的，徹骨的低溫自她捧握的咖啡杯緣漫溢到我這裡，原來我的生命也是一片空洞。

＊

一天下課回家，才一開門，就看見莎莎一個人坐在胡桃木製的電話桌旁邊。她的頭和身體都以一種茫然、放鬆的姿態靠牆，修長的腿橫越出入口，客廳燈沒開，窗外暮色濛濛亮，灑在方才似乎持續好久的寂靜裡。

我在玄關站了一會兒，開口問：「妳在幹麼？」

莎莎側頭，似笑非笑地望著我片刻，「沒人能把誰的幸福沒收……我正在這麼告訴自己。」

她說了一句很像歌詞的對白。於是那天起，莎莎又開始變得奇怪了，不是太奇怪，我只覺得她不怎麼自在，很多心事一般。

四月十五日是我生日，莎莎竟然記得！她在下課的路上買了一個十四吋的草莓蛋糕，光憑我們兩人一定吃不完，她卻很high，按步就班插完二十二根蠟燭，和我一起吹熄那些溫暖的光芒。

因爲莎莎玩興正起，也因爲她讓我感到無比窩心，所以那一晚我陪著她鬧，把沒吃完的蛋糕往彼此身上猛塗。我們玩得太過火，沙發、地板、檯燈和我們的衣服全被粉紅色奶油毀了，直到莎莎捧著肚子大笑，倒坐在沙發上，我這才靠在她腳邊，承受接踵而來的倦累與暢快。

依婷離開後，那是我第一次這麼開懷大笑。

「我去把自己弄乾淨。」

莎莎起身走進浴室，我則轉開電視，無聊地看著新聞重播，半小時過去了，莎莎還沒出來。

我望望緊閉的門，感到不對勁，我們沒喝酒，她不可能醉倒在裡面。

於是我起身走過去，敲敲門，叫她，「莎莎，妳還好嗎？」

等了一分鐘，沒回應，我說句「我要進去了」，便作勢推開門。沒想到門沒鎖，莎莎就坐在米白色浴缸上頭，洗臉檯的水嘩嘩地流瀉。

我關緊水龍頭，再審視還是渾身奶油的她，正失魂落魄盯著乾躁的地板。

「對不起。」莎莎在我發問前先開口，「今天是你生日，我卻高興不起來……」

「妳剛剛看起來挺高興的。」

她苦笑一下，「我裝的，我最會假裝了，你忘了嗎？」

莎莎舉起左手，往後梳理垂散的長髮，動作和電影《我的野蠻女友》的女主角神似，只是她現在完全沒一絲盛氣凌人的氣魄。

「我媽打電話跟我說，我爸找過她，向她要錢。我媽一向心軟，把身邊的現金全給出去，哪知道我爸嫌不夠……」

她深深吸一下鼻子，有濕潤的鼻音。

「他又動手打她了。我媽是從醫院打電話給我的，她忍了三天，才要我幫她領錢付醫藥費。」

我知道莎莎的爸爸不時回來糾纏她們，莎莎的媽念在夫妻一場讓他予取予求。莎莎表姊結婚前一天，他把紅包裡的禮金搶了去，聽說那一晚鬧得很兇。

「我恨他，可是我更恨我媽，她怎麼那麼笨，那種男人……應該要狠狠地和他一刀兩斷。」

莎莎說到這裡，又習慣性地用左手撥開垂覆在眼前的髮絲。那一刻，我觸見一道宛如變種毛毛蟲的細軌，爬行在她的左手腕上。從前，她都用美麗的玫瑰花瓣遮掩刀疤，所以我也一直以爲莎莎只是「假裝」而已。

「你走你走！從你打我的那一天起我和你就沒有血緣關係！這噁心的血還給你！」

那個晚上，她眞的在雪白的肌膚上毫不留情劃下一道楚河漢界。莎莎說，她要跟一個很棒的人結婚，而且他們的孩子會快樂地長大。

「喂……小岳。」她喃喃喚了我一聲，「最近我很慶幸自己還活著，好高興呀！我遇到一個可以照顧我的人了……」

她闔上疲憊的眼眸，枕在我肩膀，我感到莎莎滾燙的淚水緩緩注入我被寂寞蛀蝕得千瘡百孔的心底，化作五味雜陳的滋味。

我不曉得莎莎又看上哪一個男生，那並不重要，只希望莎莎眞的能夠幸福，別和她母親一樣就好。莎莎還說，把幸福討回來的方法，就是快快樂樂地揮別過去。

她靠著我靜靜哭泣。我只是攬著她的頭、她柔軟的髮，一起嗅聞浴室中牙膏和沐浴乳令人安心的香味。

莎莎一向很懂得保護自己，在浴室的短暫時光中，我卻萌生過那樣的念頭。如果沒有人可以照顧莎莎，那我來也願意的。

不過，就在我下定決心和莎莎相依爲命之前，依婷再次回到我的生命之中。

依婷並不是直接到公寓找我，她打電話約我見面，我在星期日的咖啡廳見到久違的依婷。還記得是雨要下不下的陰天，和我強顏歡笑的表情一樣。

很難說得上來，我並沒有自己預料中想念她，卻懷著複雜的情緒，畢竟她是我曾經想要論及婚嫁的女朋友，我已經大四，談感情不能再隨便輕率。

依婷在補習班打工，她哽咽著我熟悉的鼻音告訴我，有個年輕的趙主任向來照顧她，前幾天，以談業務爲由邀她出去，然後，發生了所謂的約會強暴。

「我去找他！」

我當下滿腔怒火，驚動四周客人，依婷趕緊拉拉我的袖子要我坐下。

「你不要去！我是自願的！」

我怔怔坐回去，看著依婷又慚愧又懊惱地啜泣起來。

「趙主任提到我的業績，我知道他是什麼意思，只要跟他……跟他……你知道，就算畢業我也不用擔心我的工作。我懂，所以，我沒有反抗……」

她落下兩顆斗大的淚珠，再抬頭看我。

「你會不會看不起我？」

我沉默片刻，冷冷地問：「妳找我做什麼？」

「我也不曉得，那個晚上之後，我就一直很難過，可是又找不到可以商量的人，我……就想到你。」

我承認，曾經不下一百次問過自己，依婷有沒有可能會想起我？只是此時此刻，竟是如此令人哭笑不得。

依婷見我繼續緘默，不安地望望窗外，接著歉咎嘆息，「對不起，好像不該找你的。」

她說最近常常想起我們的事，每當腦海浮現我的影子，就覺得安慰多了。

「大概是以前你對我太好的關係吧！」依婷講到這裡，笑一笑，淚中帶笑的模樣果然如我記憶中那般動人，叫人可以爲她奮不顧身。

「如果，有我幫得上忙的地方，來找我也不要緊。」

也許我該一走了之，可是在沒來得及仔細思考的當下，我已經這麼答應她。

我端起花茶杯，正要把香醇的果粒茶送入口，這四十度角讓我撞上落地窗外莎莎投來的狐疑目光。我愣一下，她則停止挪動身後背包的動作，輪流望著咖啡廳裡的我和依婷。莎莎塗著植村秀淺橘唇蜜的嘴唇半啓，我們就這麼按兵不動半晌，她忽然朝我舉起手，比出一個「V」，什麼事也沒發生過似地走開了。

*

晚上，莎莎把自己關在房間，我待在客廳打報告。不過，大部分時間是在窺探她那扇掛有軟木塞留言板的房門。

十一點過五分，我耐不住，過去敲她房門，她沒來開，只有和平常沒兩樣的聲音。

「幹麼？」

「依婷來找我。」

「我看見了。」

「坦白說，」我猶豫了一會兒，「我現在還很混亂，不曉得要不要再繼續和她見面。」

「她不是來找你復合？」

莎莎的聲音很近，而且位置低低的，不難猜到她現在正靠著門坐在地上和我對話。

「不是，有可能嗎？」

我自嘲一下，莎莎卻沒有任何反應，我反問自己怎麼會想找她商量，莎莎只關心她自己的事。

我大略提起依婷的情況，莎莎聽完之後，好奇地揚聲問：「你沒勸她辭職？」

「有啊！可是說實在的，依婷目前的待遇不錯，她還想再觀望看看，我只好……跟她說需要商量的時候可以來找我。」

然後，裡頭又沒動靜了，我正納悶，不料房門毫無預警地打開，莎莎很凶很凶地瞪住我！

「她是笨蛋，你比笨蛋更笨。」

我還一頭霧水，莎莎又把門甩上，落句「我要睡覺了」，房門下的細縫不再有白閃閃的燈光蜇伏。

我搞不懂莎莎在生什麼氣，甚至，不懂她這種反應算不算生氣。

那天起，莎莎停止泡咖啡給我喝的習慣。

＊

後來，我開始和依婷見面，我們並沒有回到過去的情人關係，比較接近朋友，但又不是眞的朋友，這樣的矛盾應該歸咎到我身上，我對依婷抱著某種冀望，種種猜測，只是因爲我想知道，想知道她爲什麼會找我。

有個黃昏，我打算接依婷下班，心血來潮只是藉口，我很想見她，可惜下著雨。我只帶一把傘，在街角，看見已經有人爲依婷撐起了一把格子花色的雨傘。

我認得那個人，就是那位趙主任，年輕有爲，體貼斯文，曾經是我和依婷吵架的導火線。

「他爲了那天的事向我道歉，一直道歉，我覺得他對我是眞心抱歉的，所以……不怪他了。」

依婷和莎莎的母親很像，她們都能輕易原諒男人。其實，我早就察覺到依婷的心情已經不僅止於同情，她熠亮的大眼睛裡，閃動著愛情的光。

那眞是一個令人煎熬的街角，我站在薄暮餘暉和細雨中，進退不得。那把傘我沒用，原本就是打算和依婷一起遮雨，現在，它的存在一點意義也沒有。

不過，良久，有另一把傘遮了上來，也是格子紋路，卻縱橫著淡紫色的柔。

我看看身旁，莎莎正翹首眺望遠方灰濛的馬路，然後丟了一道怪疑的目光過來。

「你拍哪部戲啊？」

「……」

「原來你眞的比笨蛋還笨。」

不知怎的，我淺淺地笑了，挨莎莎罵，竟還莫名其妙地開心。莎莎那天對我特別好，我在雨中站了多久，她就陪我多久。

因爲那場不大不小的雨，我在床上整整躺了三天。

莎莎用她獨特的粗魯方式照顧我。她命令我好好靜養，卻拿著快報廢的吸塵器清理我的房間。她細心幫我準備濕毛巾，然後快狠準地扔到我臉上。

當莎莎害我的精神愈來愈委靡，她竟在我房間敷起面膜，那時已經凌晨一點多。

「妳回去睡吧！明天不是還要上課？」

「等我保養完再說。」

她背對我，十分專心地在看一部愛情文藝片，我凝視她沉浸在美術燈下的背影，穿著印有薰衣草圖樣的睡衣，盤腿而坐。從小，我和她一起看六點卡通，她就是這樣的坐姿，我覺得這畫面眞好看。

「莎莎。」彷彿好久沒關心她近況了，我有點內疚。

「嗯？」

「妳和妳的新對象有進展嗎？」

她想了三秒鐘才回答，「還好。這次比較難下手。」

「爲什麼？」

「對方很鈍，鈍到我不忍心要手段引他上勾。」

這個地球上竟然也有讓莎莎不忍心下手的獵物？

「那怎麼辦？」

「我也不知道該怎麼辦，唉！放棄會不會比較好啊？那個人常常不很快樂的樣子，又愛裝沒事，我就討厭那種放不開的個性。」

怎麼覺得她在指桑罵槐？我不安地將棉被拉到鼻子上。

「不是每個人都能像妳一樣樂觀，再去找下一個對象的。」

我無意間嘆了口氣，莎莎終於回頭，她臉上蓋著那張詭異的白紙巾，只露出兩隻眼睛和嘴巴，實在很難看出現在的表情是什麼。

「我問你喔！小岳。你會不會想和依婷復合？」

我想了很久，莎莎也耐心地等我很久。

「不想了。就算依婷想再談戀愛，她也不會屬於我。」

然後，莎莎單手拄著下巴，問了一個很可愛的問題。

「如果我找她過來照顧你，你說你的感冒會不會很快就好？」

就算發燒到三十九度，我心底也清楚莎莎不會眞的爲我把依婷找過來，她不過是異想天開的毛病又發作了吧！

「不要了，妳在就好。」

「那，小岳，哪天我們眞的飛去熱帶島嶼游泳吧！」

我的頭腦發脹，昏沉沉闔上眼睛，不記得她又天馬行空說了什麼，而莎莎又繼續看起那部賺人熱淚的電影。

曚曨之際，莎莎哼起〈分手快樂〉的曲調，像音樂盒流出的愉悅單音。

再晚一些，莎莎冰涼的手擱放在我退燒的額頭好一會兒，舒服極了。

當我的意識較爲清醒，房裡已經關了燈，暗暗的。我稍微撐起上身，發現莎莎窩在牆壁前的單人沙發，蜷屈得跟小貓一樣，安穩睡著。

隔天，我在玄關穿鞋子準備出門，莎莎蹦蹦跳跳地從我房間闖出來，她頭髮亂翹的模樣出奇可愛。

「你要去上課？」莎莎很驚訝。

「今天是打工，感冒好了，沒藉口再請假。」

「爲什麼不把我叫醒？」

「讓妳補眠，而且，看得出來妳睡得很好。」

我笑笑，她下意識地伸手抹嘴，消滅流下口水的證據。

莎莎不自在地摸摸頭髮，雙頰微微泛紅，她難得在我面前也會不好意思。

「我看看。」

她走上來，用力摸住我額頭，片刻，才彎起亮麗的微笑。

莎莎擅作主張地說：「那好，等你回來我們來慶祝。」

「慶祝什麼？」

她鬼靈精地瞟了窗外一圈才回話，「慶祝你大病初癒！」

於是，一下班，我不敢多停留，莎莎發起脾氣可不是好擺平的，她連要人摘下天上的星星給她這種話都說得出來。我連電梯也沒等，直接快跑到公寓五樓。

客廳桌上擺了一桶全家餐炸雞，兩個透明酒杯，莎莎手拿倒到一半的香檳，神情古怪地盯住我，坐在她對面的依婷立刻頷首致意。

老實說，我有些無措，依婷怎麼會在這裡？

「依婷來找你，我邀她一起吃晚餐。」

莎莎搖晃手中的香檳瓶子，漂亮的粉紅液體激盪出晶亮碎浪，她輕快地轉身走進廚房，留下一道殘餘的光暈弧線。莎莎的脾氣有時就像光線一樣難以捉摸。

「你嚇一跳吧？」依婷淘氣地近前探問。

「有點。」我原本已有所覺悟妳不會再踏進這間屋子。「出了什麼事嗎？」

「嗯……」

她垂著梳理彎翹的長睫毛，玩起懷中的抱枕，停頓好一段時間才開口。

「趙主任說，想以結婚爲前提和我交往，我不知道該怎麼辦。」

依婷從以前就少一根筋，傻大姐型的，很叫人疼，只是……她沒考慮到我聽了那番話的感受。儘管我們已經分手，她來找我商量這種事，心裡還是不好受。

我不說話，她焦慮地告訴我她所有的想法。當依婷問到「你覺得我應該答應嗎」，莎莎端著一盤水果過來了，面無表情。

「妳別忙，一起吃啊！」

我斗膽地和她講話，依婷跟著幫腔：「對啊！對啊！炸雞要涼了呢！」

莎莎把水果盤放下，力道有點重，當她直起身子，高姿態注視我們時，那道眼神異常銳利而睥睨。

「不用了，我減肥。」

我心知她瞧不起依婷，而且還在生我的氣，氣我這麼窩囊。

莎莎又回到廚房，我聽見水槽嘩啦啦的水聲，依婷喝了一口香檳，說句「好香喔」，然後小心翼翼詢問我，「你要老實說，莎莎……是你的女朋友嗎？」

我常被人這麼問，不會大驚小怪了，我在意的是，廚房原本喧囂的清理聲響忽地放小，莎莎正擱下手邊工作，側耳聆聽，想聽我會怎麼說。怪了，哪來……哪來這麼大的壓力？

「不是，我們只是朋友。」

說完，廚房的方向安靜下來，靜得彷彿連呼吸都停止了。我甚至聽得見自己大鼓般的心跳，好像快被皇帝下令拖出去斬首的罪臣。

「喔……」依婷若有所思地端詳我，帶些感傷，淡淡一笑，「我一直以爲……你已經找到比我更好的女人了，你們很相配。」

我啞口無言，看見莎莎將濕透的雙手朝身上擦抹，出了廚房，繞進自己房間。直到依婷離開，莎莎都不曾再出來過。

＊

半夜，我想去冰箱找礦泉水，不料莎莎也正巧從房間出來，我們撞個正著。她噘著嘴瞧我一眼，先啓步走進廚房，拿出未開封的礦泉水，咕嚕咕嚕喝掉大半，喝得意氣用事，我則拿著水瓶沒動口，凝望黑暗中的莎莎。

「妳在氣依婷誤會我們是男女朋友嗎？」

瞬間，莎莎屏住呼吸，「噗」地把剛含進的一口水噴出來。

我看著那口水不偏不倚落在桌上的小盆栽上，便知道我猜錯了。

莎莎抹去嘴角的水滴，不敢置信地瞟來，那個眼神好像在罵「豬頭」。

「爲什麼依婷會到我們家來？明明說好今天是我們兩個要慶祝的。」

「多她一個也不會怎樣啊！」而且開門讓她進來的是妳耶！

「當然會怎樣！她那樣子看得我一肚子火，她幹麼要找你商量那種事？你又不是什麼諮詢師。」

「我們還是朋友，依婷只是希望有人聽她說說話。」

「哈！」莎莎抱起雙臂，做出極度不屑的態度，我認爲她有點反應過度。「你這個人從小就是這樣，優柔寡斷，心軟也要有個節制。」

「別這麼說，妳明知道我沒辦法放著依婷不管。」

莎莎用力蹙起眉心，倒抽口冷氣，接著，任性地激怒我。

「依婷一定也知道，所以她才敢這樣纏著你，完全不管別人的想法。」

我很少會對莎莎大吼，甚至連對她提高一點音量都是鮮少發生的事，她今天竟讓我破例了。

「妳別把她說得跟妳爸一樣！」

儘管莎莎恨她父親，但我在氣話中扯上他就太過分。話一出口，我立刻就後悔了。莎莎沒再搭腔，她依舊憤怒瞪視地板，一會兒，轉身回房間，再一會兒，就見到她罩了件外套直接走出公寓大門。

我並沒有在很短的時間內找到莎莎，我很著急，如果她跑到我不認識的新戀人那裡，那就眞的沒轍了。其實依婷最後的決定到底如何我不想管，我在乎的是莎莎，比她所知道的還要在乎，只是不願在她面前表現出來，因爲在乎莎莎的男生很多，不差我這一個。

後來，我在附近的小公園發現她。

莎莎一個人坐在停擺的鞦韆，頭鬆鬆地倚著鐵鍊，她的臉埋進樹的陰影中。我走到她身邊，雙手插在褲袋內，開始擔心她會眞的要我摘星星賠罪。

「剛剛我太衝，不是眞心的，妳別介意。」

她還是不理我，我就說吧！莎莎很難搞定。

「我說過，我沒想要和依婷復合，到現在還是這麼想。只要依婷能找到她的另一半，我就可以放心。畢竟她上一任男朋友是我，我關心她是不是已經遇見下一個好男人，如此而已。」

我搔搔頭，覺得要想出安撫莎莎的台詞比寫作文還難。

「抱歉把晚上的慶祝搞砸了，我們再找個時間？晚上也好，白天要我蹺課也可以，妳決定吧！我保證，這次只有我們兩個人。」

我刻意停了比較長的時間等她，哪知莎莎還是甩也不甩我，我心生奇怪，彎下腰一探究竟，她竟然坐著睡著了！哇咧！那剛剛絞盡腦汁的我到底在幹麼啊？

「眞的拿妳沒辦法耶……」

我無可奈何把她背起來，就像是她喝醉吐了我一身的當年那樣，她在我背上幾乎沒什麼重量，因爲莎莎堅持維持身材。她有擦抹保養品的習慣，所以只要靠近她，就能聞到淡淡清香。莎莎睡著時，呼吸會放得很慢，一吸一吐，把她此刻的夢境都吹拂到我頸子上。

我背著莎莎，在無人的午夜街道慢慢走，不禁問著自己，還能這樣背著莎莎多久？她還會在我那裡住多久呢？有一天，莎莎會找到一個很棒的人，和他結婚。

我的心情怪怪的，突然感到強烈的捨不得，如果這條路能一直這麼延伸下去，那有多好。

「小岳。」

走不到五分鐘，背上的莎莎驀然出聲，我嚇一跳，回頭，她還舒適地靠在我身上。

「妳醒了？還是妳根本沒睡？」

她輕輕笑兩聲，不回答我的問題：「你會不會覺得我很討厭？」

「不會啊！」

「你認為我漂亮嗎？」

我又回頭，觸見她亮晶晶的眼眸，心臟糾了一下。「漂亮，這還用問？」

她似乎很滿意，所以接著問下去，「你說，我和依婷誰漂亮？」

「妳幹麼又扯到她？」

「我只是問問嘛！快說。」

「妳啦！」

「那，我和依婷，你喜歡誰？」

我怔一怔，她又害我的心跳節奏亂掉幾拍。

「小岳，你喜歡我嗎？」

「妳……這怎麼能比嘛？」

坦白說，我也很驚訝自己會說出這種話，莎莎和依婷為什麼不能比較？她們到底哪裡不同？明明都是我的朋友，而且就算……算了，我不敢想，那是不可能的。

「哼！不說就算了。」

莎莎訕訕地說完，自己哼起了那首〈分手快樂〉，一遍又一遍，心情不錯的樣子，其中那一句「揮別錯的，才能和對的相逢」她唱得特別大聲。

「既然醒了，就下來自己走吧！」

「既然你已經背我了，就背到底吧！」

＊

漸漸地，依婷沒再找我了，我們最後一次碰面是在街上巧遇，她幸福洋溢地挽著那位趙主任，邀我一起午餐。

我沒去，因爲已經和莎莎約好要一起慶祝我一個星期前的大病初癒。

我們在一家冰店碰頭，各點一碗刨冰，天氣好熱。

莎莎今天穿得很涼快，一襲白淨的削肩洋裝，薄施脂粉，看起來比平常還要稚氣明亮，風扇在我們頭上轉動，她剛染成金紅色的髮絲不時往我臉頰飄竄。

「喂！」她邊吃邊叫我。

「什麼？」

「告訴你喔！我上次說要慶祝你康復……是騙你的。」

莎莎含進一大口和著大紅豆的碎冰，我掉頭看她專心咬嚼冰品的臉。

「騙我什麼？」

「其實是要慶祝你不再留戀那個依婷了，我高興得要命呢！」

「喔……」

我不太懂，眞的。

我自己也舀起一匙碎冰，輪到莎莎側過臉，盯了我半晌。

「你知不知道我幹麼常常唱〈分手快樂〉？」

「妳說因爲那首歌好聽呀！」

「才不，那是唱給你聽的。」

我還是不太懂，怎麼我老答錯？

我們沉默片刻，又不約而同吃起自己的刨冰，天氣太熱了，冰融得很快。

莎莎先停下手，不吃了，兩手擱在桌上。

「我不是說，找到一個可以照顧我的人嗎？」

「……嗯！怎麼樣？」

冰的碎片很冷，發疼的應該是我的牙齒，但，似乎是心臟。

「那個人是你耶！」

我睜大眼，一大口冰水硬生生卡在喉頭上，好難受。莎莎撐起下巴，皺著眉頭看我。

「你眞的是我喜歡的人當中最鈍的一個。」

她起身離開座位，走出冰店。

「拜拜。」

我用力咳了幾聲，目送莎莎消失在轉角，恍恍惚惚的。她說，「是你」，她還說，「喜歡的人」。

我急忙站起來，撞倒了我們都沒吃完的刨冰水，朝莎莎離開的方向追去，沒想到才拐了彎，就看到莎莎正亭然佇立在前方，雙手俏皮地擺在身後，一副在等我的模樣，她雪白裙襬隨風擺動的姿態眞美麗。

莎莎全身煥發著前所未有的自信光芒，我陰鬱的天空因此晴朗了。

「小岳！」莎莎大聲地喊過來，「你到底……喜、不、喜、歡、我？」

很久很久以前，我就悄悄告訴過自己，我想要當莎莎的騎士，救她脫離她惡毒父親的魔掌。就算手腕的疤痕這輩子註定不會消褪，我還可以撫平她心口裡的傷。如果，如果莎莎有那麼一點點喜歡我，那我會告訴她，我也好喜歡莎莎，一直都好喜歡。

望莎莎霸道地手扠著腰，揚起嬌氣又得意的微笑，我也開心地笑了。

分手快樂，莎莎。

─想念，因爲我們靠近─

明明今天是個令人煩躁的炎炎夏日，我卻清楚記起許多事。那些一度模糊的事情慢慢接近，隨著暖呼呼的氣流、穿梭的人群、樹梢的聲響過來了。

當他稍稍側過頭，由下往上地面對我，我因為那張耀眼如昔的笑容而無法呼吸。

我記起來了，跟那時和你在機場離別的時刻一模一樣，我曾經……曾經是如此地想念你。

那一年夏天，楊柏聖回來了。

我不喜歡夏天的。夏天來臨的前夕，我研究所考試落榜了，在原本應該是快樂的暑假硬是被逮去看店，在悶熱得要命的三十八度和第五個男朋友吵架分手，而，也就在暖得不像話的機場大廳，我送走了楊柏聖，當時望著他離去的眼睛溫度，剛剛好是盛夏的溫度。

我不愛夏天，彷彿夏天發生的所有事情都要和我作對。

「分啦？分了也好，省得妳整天看店不專心，電話講個不停。唉！我早說過了，那男生脾氣不好。」

現在和我作對的是伯母，哼！如果我沒有挑男人的眼光，那麼伯母也沒有。她常向人抱怨自己的老公，不管對方和她熟不熟，我眞替她難爲情，那表示她和伯父都不是多高檔的人。

我不理伯母，佯裝正專心清點新書，她是「諾貝爾」的店經理，徵不到工讀生，就把我拉來充數，既然是充數，我就不要太認眞。

伯母見我充耳不聞，故意繞到我面前，意思意思地幫忙從紙箱中拿出兩本書，嘴巴還動個不停，她的高分貝竟然可以蓋過我耳機傳出的搖滾樂？嘖！眞失算。

「學學妳那死黨雨喬，書念得好，又交個學歷不錯的男朋友，什麼都不用愁了。」

我也知道雨喬很棒，我們高中和大學都在一起，她功課向來好，常拿獎學金，人又懂事，她是單親家庭的小孩，對很多事情都拿手，雨喬大二的時候，和系上一位各方面都好的學長交往了，他們在一起快三年，感情穩定得似乎會一直這麼走下去，雨喬她連名字都好聽。

哪像我，我叫小芹，怎麼聽都像把乳臭未乾的芹菜。

伯母看不慣我常換男朋友，所以她也不時拿雨喬的例子對我碎碎唸。我才不介意，因爲我和雨喬是好朋友，唯一介意的，好吧！如果眞的要說，那就是雨喬是楊柏聖喜歡的人，不過那是很久以前的事了。

「小芹，聽伯母的話，這個暑假好好在補習班用功，考上一間研究所，到了研究所之後機會就多啦！不錯的男孩子到處都是，認眞找一個固定下來吧！」

我對手上那本《白鯨記》使了白眼，丟開，回到櫃檯，雙肘撐著桌面，用一種挑釁的眼神晃瞟書店裡的客人，順便檢查我引以爲傲的彩繪指甲，伯母說我這種態度看起來很輕浮。

才不輕浮呢！那五個和我交往的男生都是主動飛來的蒼蠅，我死心塌地戀上的只有一個，可惜楊柏聖不是那五隻蒼蠅之一，他喜歡的是雨喬，飛不到我身邊。

當楊柏聖知道雨喬和學長的事時，他傷心得不得了，我也是，因爲他不知道我是爲誰傷心。

怎麼可以讓他知道？我們是死對頭，很「冤家」的那種，眞遺憾我們是以那種關係開始。

「咦？對了，聽妳媽說，妳都和別人用那……那個伊媚兒是吧？用那種東西通信，對方是誰？是男生還是女生？」

有的時候，我眞懷疑其實她才是我老媽，只有親生母親才會厚臉皮打聽孩子的隱私。

「啊！五點了，下班下班！」

我一面看著背後大鐘，一面脫下身上書店的專用圍裙，把那抹青蛙綠扔給張大嘴要攔人的伯母。

我總有自己開溜的一套，大學時和雨喬一起加入直排輪社，現在正好得心應手，只要腳底抹油，就能把嬸嬸拋得老遠。只不過她嗓門大，通常要溜到下個街角才聽不見。

我的確用email和男生通信，那個人正是楊柏聖。兩年多前，他瀟灑地祝福雨喬之後，和家人飛去了加拿大，最後一次見到他那天，是在機場大廳。他站在上升的手扶梯，雙手頑皮地放在嘴邊，大聲喊叫我的名字。而我無法盛氣凌人地罵回去，不是因爲人多丟臉，看著他離我愈來愈遠，我也愈來愈發不出音，否則會是難聽的哽咽。

然後，我們常常通信，大多聊著日常最無聊、瑣碎的事情，上個星期他在信上說，暑假要回台灣一趟，順便告訴了我日期和班機。

我並沒有去接機的打算，那太……太奇怪了，我們不是交情那麼好的朋友，或許兩年前我會的，只是現在對他的感覺已經變淡了，距離的關係吧！加拿大和台灣不知道相隔多遠？反正是思念所經不起的距離。

然而，那個夏天他眞的回來了。

我在徐徐的暖流中輕鬆滑步，他的身影竟也順勢滑進了我的視野。我停了腳，但滑行還在持續，他卻在原地佇留，微偏著頭，用一種驚喜的表情望著我。

我知道他要回來，但絕對沒想到會在今天、在這時刻、在台中這條街上遇到他，瞬間有些恍惚。這襲南風濕黏的程度幾乎令人窒息，倒也把行道樹的葉子吹得綠影搖曳，綠得不像是會在台灣長大的植物。到底是他在台灣，還是我在加拿大？

我只曉得，我們眞的是如假包換的冤家，不會有任何感性的場面，更不會有什麼浪漫的際遇。下一秒，我跌倒了，他大笑。他竟敢大笑？

人行道上有塊磚翻起，我的直排輪就這麼衝撞上去，把我摔個四腳朝天。幸好那天穿的不是裙子，不過腳骨還是非常痛，痛得我顧不得起身，先抱著腳哀叫再說。

結果那該死的傢伙噗嗤一聲，當著我的面，當著許多路人甲的面，無法無天地哈哈大笑。一般男生不會這樣對我的，這人簡直把我的奇恥大辱當成好戲，如果不是在大庭廣眾，我肯定要對他落髒話！

於是我瞪大眼，這雙平常野媚的眼睛，如果瞪得大大的，就會凶得嚇人，這是從前楊柏聖自己說的。他這才閉上嘴，來到我跟前，彎腰打量我的狀況，再壞壞地咧開一邊嘴角。

「妳知道嗎？我突然不知道應該先跟妳說什麼耶！要說好久不見嗎？還是妳的屁股痛不痛？」

打從跌倒的剎那，便有了奇妙的預感，我們註定要以冤家的身分繼續相處。

所以我舉起腳，朝他胸口用力踹去，他那件黑色T恤上留下直排輪的痕跡，人也跟著摔坐在地，撫住胸口，順便低頭瞧瞧上頭的灰塵。他怪我，「喂！我帶的衣服不多，妳要幫我洗啊？」

「想得美！又不是你誰！」

我們算不算在打情罵俏呢？偶爾我會這麼納悶著，只是在這時刻，想來又太無稽，所以我恨恨地起身，拍拍七分褲，冷冷淡淡又避之唯恐不及地瞄他一下。

「你伯父家不會在這附近吧？」

他還坐在地上，不管旁人驚異的目光，笑嘻嘻回答，「嘿嘿！就在附近，隨時可以讓妳盡地主之誼。」

「哈！」嗤之以鼻地哼他一聲後，信步溜起我的直排輪。「我不想知道你的地址，也不要知道你的電話，你千萬別告訴我。」

「妳不會眞這麼沒禮貌吧！小芹，聽過『有朋自遠方來』沒有？」

「小芹是你叫的嗎？」

他終於快步跑到身邊，與我同行。我們一來一往地對話，他一戲謔，我便凶他。其實，不該是這樣的。我應該告訴你，你似乎變高了，男生這年紀還會長高嗎？你原本黝黑的膚色也淡了，添了分莫名優雅。你的感覺像極了所謂的ＡＢＣ，並不壞呀！

「喂！」

他忽然拉住我後面衣襬，害我又險些踉蹌。

一氣之下回頭大吼：「楊柏聖！」

好奇怪，你喊我「小芹」，我理當也該叫你「柏聖」的，但不知爲什麼，我總要嗆辣辣地連名帶姓地喚你。雨喬也一樣，這些年她始終喊「學長」，改不了口，彷彿那已經成了一項很特別很特別的模式。

「把那雙鞋子脫掉吧！妳腳不痛嗎？」

他問，我錯愕地怔住，就因爲腳眞的疼，所以才會驚訝他的察言觀色。

楊柏聖把我帶到路旁的鐵製長椅，我乖乖脫去一只直排輪，他看了一會兒，也動手幫我處理另一只的鞋帶，我的腳因爲他的碰觸而變得僵硬，他低著身喃喃數落我長這麼大還不懂照顧自己，還說剛才我走路的模樣很醜，一定是腳有問題。

我沒聽進去，明明今天是個煩躁的炎炎夏日，我卻清楚記起許多事，那些一度模糊的事情慢慢接近，隨著暖呼呼的氣流、穿梭的人群、樹梢的聲響過來了。

當他稍稍側過頭，由下往上地面對我，我因爲那張耀眼如昔的笑容而無法呼吸。

「想想，還是得跟妳說，嗨！好久不見了。」

我記起來了，跟那時和你在機場離別的時刻一模一樣，我曾經……曾經是如此地想念你。

當你又再度出現在我面前，我竟想起了那份感覺，很糟糕，我有了壞的預感。

＊

每次和楊柏聖鬥嘴，都讓我覺得自己的智商迅速降低，因此，爲了顯出我的教養和成熟，我主動提議要請吃飯，他必須曉得，這女孩已經不是以前的那個小芹了。

然而……

如果是和自己的死黨吃飯，倒也輕鬆愉快，何樂不爲。

如果是和自己的情人吃飯，那可是臉紅心跳又甜蜜。

如果是和楊柏聖吃飯，恐怕只能用「悔不當初」來形容。

我約他到雙十路上一家頗富盛名的餐廳去，叫「香蕉新樂園」，裡頭全是台灣本土五、六〇年代，甚至更早以前的擺飾，菜色則以港式飲茶爲主。

我端坐在一張古意盎然的椅子上，雙手在膝蓋上擺正，這是我努力維持的淑女姿態。我的眼睛以大約十五度的仰角看著對面的楊柏聖，不，是狠狠瞪他。原本打算不輕易口出惡言的嘴雖然還緊抿住，但我很明白這在旁人看來是咬牙切齒，直到一小塊蟹肉「咻」地從他的筷子尖端飛出，彈到我臉上。

「啊！」他這才抬頭看我，發現我的異樣。

這傢伙說在加拿大啃麵包啃到想吐，他好久沒吃到台灣道地的食物了，所以拚命掠奪桌面上的餐點，包括我的。我不是氣我的份被搶走，而是他仍然沒把我放在眼裡，把我放在眼裡的，是餐廳中的其他客人和服務生，心想這位和野蠻人一起吃飯的豬頭到底哪裡有毛病。

「小芹，妳幹麼都不吃？」

「呵呵！」我強抓住最後一絲理智，慢條斯理地把臉上那塊討厭的蟹肉拿下。「你盡量吃吧！反正這是我最後一次會跟你吃飯了。」

「嘿嘿！妳是不是減肥中呀？」

「你是不是狗嘴吐不出象牙？」

浪漫晚餐的幻想破滅後，我當場對楊柏聖發飆，他也照樣漫不經心地調侃我。仔細想來，這都得歸咎到我對他的縱容，因爲和他鬥嘴的感覺眞好，似乎我們能當一輩子打打鬧鬧的朋友，而我又能在同時暗地喜歡他。

誰知那晚的不幸還不止如此。席間，我曾去了一次洗手間，回到座位後便感到不對勁，於是伸手摸摸椅面，摸出一坨黏黏稠稠的番茄醬。那一刻，楊柏聖正忙於擦拭打翻的番茄醬瓶。

孰可忍，孰不可忍！

「楊、柏、聖！」

這已經是今晚我第四次吼他，他趕緊打發我去洗手間清洗。

我在洗手間待了十五鐘，整整十五分鐘都把自己關在廁所裡生氣，洗不掉了啦！今天好死不死穿了精心挑選的白裙子，臀部的地方暈開淺淺的淡紅，看起來……看起來很像……很像「那個」，我根本就走不出去嘛！

忽然，又有人打開洗手間那道外門，腳步聲就停在門口。

「小芹？」

是楊柏聖！我警覺地站好，一把推開門。他在看見我的剎那，露出和放心相似的神情。

「你幹麼？這是女生廁所耶！」

「妳才沒事待在裡面幹麼？閉關喔？」他大吐一口氣，那的確是放心沒錯。「快出來啦！我還以為妳掉下去了。」

他竟然為了我進女生廁所！那就和他為我而死是同樣等級的，我好感動。

我吞吞吐吐告訴他，裙子後面弄髒了，沒有臉出去面對大眾，因為我自尊心超級無比高。

楊柏聖瞧瞧我，開始脫掉那件當外套用的襯衫，命令般地遞來。

「拿去，綁在腰上，這樣就行了吧！」

難怪，難怪我會喜歡你。從前還百思不解的，誰叫我在你的嘻皮笑臉底下，發現了男性的溫柔。因此我不介意你粗枝大葉的魯莽，反正那總會被你體貼的小舉動給粉飾太平。

晚餐後，楊柏聖送我回家，他說他特地回台灣享受假期，兩個月後就要回加拿大，在那邊的大學課業還有一年才會結束。

「那，畢業之後呢？」

一聽到他兩個月後又要離開，我一陣落寞，真不妙，我的想念還是敗部復活了。

「公司又要調我爸回國，所以等我畢業，全家就會搬回來住了。」

那也得再等上一年，這三百六十五天的時間令我不敢想像對你的情感變化，我真不願不再喜歡你，卻也極盼望能就此斷得乾淨。

「還是回台灣的好，朋友都在這邊。」

楊柏聖神采奕奕的側臉，在月光照射下散發幾許憂鬱的氣質，特別是他此刻的沉默格外長久。

「小芹。」

我知道他要說什麼，他喊我名字的語調不對，那麼深情的口吻，向來是針對另一個人。

「雨喬她……她也好嗎？她現在在哪裡？在做什麼？」

他好貪心，一口氣問這麼多問題，事關雨喬，不嫌多的。

「她很好呀！現在在台北念研究所，我們偶爾會見面。」

他還是靜靜望著我，欲言又止。不可思議的是，就算他不開口，我也明白他還少問了一件事，很重要的事。我真的懂事多了，所以決定不再讓他爲難下去。

「學長在關西當兵，下個星期雨喬會去看他，雨喬常跑關西。」

於是楊柏聖淡淡「喔」了一聲，不再說話，我從旁凝視他憂鬱加深的側臉，終於肯定他對雨喬依舊不能忘懷，而我也終將一直單戀，好不甘心喔……

臨別前，我問了楊柏聖住的地方，他說過就住在附近，所以一回家，我馬上打開房間窗戶，認真尋找他房裡的燈光，好像就是那一間吧！

事實上，他剛去加拿大時，我也曾試圖從這個窗口找出加拿大的方位。但我地理這門完全不行，所以很快便放棄那個念頭。現在，推算出他住的方向簡單多了，我關上房間的燈，深怕不小心被楊柏聖發現不遠處膽小而貪婪的目光。

我在漆黑中遙望你的方向，就像我的心情只適合待在暗處，你房間的亮光看起來好蒼涼、好孤單，大概是受到你哀傷情緒的影響吧！我心疼地想安慰你，你的襯衫被我抱在懷裡，這樣抱著，好像我們很近，而我們也眞的很靠近，我看得見你那邊的燈光呢！因爲知道了正確方位，我的思念從此有跡可循，這樣的結果是好是壞，我不知道。

＊

「妳溜直排輪的背影很像雨喬呢！」

第一次帶楊柏聖去「諾貝爾」的路上，他忽然在後頭冒出這一句話。

我回身，皺起眉，瞇起眼，看他掛著輕鬆微笑的臉。

他繼續說：「記得雨喬也是一頭好長的頭髮，溜起直排輪的時候就會飛個不停。」

我不置可否，第二天便去髮廊剪去那頭長髮，和我很熟的設計師反倒替我不捨。

「眞的要剪？爲什麼？花了兩年才留這麼長的。而且，妳上個月不是才離子燙嗎？

確定要剪？」

要剪要剪，我可不要當任何人的替身或影子，更不要楊柏聖還對雨喬痴心妄想。

後來楊柏聖見我變成一頭輕飄短髮，髮絲又直又整齊，倒有幾分學生模樣，忍不住取笑。

「爲什麼突然剪掉？剪頭髮是失戀的人會做的事，妳是嗎？」

我才不是失戀，我要防止失戀，楊柏聖那痴情漢才該把頭髮剃個精光。

他閒來無事就到書店幫我，久而久之便也習慣了。伯母更是高興，平白無故有人願意免費工作，直誇我這回獨具慧眼，帶來這麼有爲的青年。

有一回，他停下來休息，背著我坐在地上，不知在幹什麼。我走上去，見他剛用廢紙摺好一架紙飛機，將它有意無意地放在手上把玩。

「去了加拿大沒多久，我天天都想著要回來。可是哪那麼容易？我只好替自己摺紙飛機，摺滿一個數量也許眞的會有飛機載我回台灣。」

他說完，困惑而憂傷地看看我，問我是不是覺得他很幼稚，我沒對他留情。

「蠢斃了。」我那麼回他，楊柏聖反倒開朗地笑了。

每次有貨到，我便一一將書本從紙箱裡拿出來，遞給站在書櫃前的楊柏聖，他再一一安插到書架上。

我拿書，他接下，我再拿，他又接下。不知不覺，我們之間多了一種美好的協調與平衡，在靜謐的空氣中擺晃。偶爾，他彷彿也體會到這感受，會稍稍停下手，朝我無意義地笑一笑。

「妳伯母剛剛找我講話，她以爲我和妳偷偷在交往。」

一次閒聊中，他說。我裝作這根本沒啥好大驚小怪，用不冷不熱的語氣反問：「她幹麼這麼認爲？」

「我也不知道，大概我們一起工作的感覺不錯吧！」

那個時候，你遞出的手太快，無意間碰上我伸出的指尖。我當下愣愣，不敢看你，因爲我肯定是滿臉不知所措的倉惶，但，那麼不巧，這個角度，這角度讓我正好可以清楚照見你同樣驚慌的眼眸。

當時你的感覺和我一樣嗎？那焚燒的電流，正是悸動。

我決定要爲楊柏聖做些什麼，做些可以叫他感動的事，不過，眞氣人，我絞盡腦汁想到的，卻是雨喬曾親手做了個蛋糕。那天是楊柏聖的生日，他以爲蛋糕是爲他而做的，好慘，他並不曉得自己的生日竟然會和那學長同一天。

其實做蛋糕也無妨，只不過有個小小的問題，我長這麼大，從不知家事爲何物。記得我小芹在國小作文裡頭洋洋灑灑寫的偉大志願是，將來要當手戴十克拉鑽戒的少奶奶。立下這樣的宏願，我怎麼可能還學得會蛋糕呢？

靈機一動，我拉伯母教我，威脅她這是要感謝楊柏聖幫店裡的忙，她才答應了。儘管到第三天，伯母便語重心長地安慰我：小芹，其實妳還有其他優點呀！

總之，做好最簡單的戚風蛋糕，約他到我們重逢的那個人行道上，我們可以坐在樹下一起享用……早知道我就不該那麼做。

我比約定的時間早到，一個人坐在長椅上等，還沒把椅子坐熱，就撞見對面一家麵包店，潔淨的玻璃櫥窗擺置許多精美細緻的蛋糕，叫人垂涎欲滴，而我那亂七八糟，活脫是破損海綿的蛋糕眞是相形見絀。

我還受傷地發呆，楊柏聖已經走來了，一屁股坐在我旁邊，忽然用一種古怪的表情盯著我的臉瞧，我不知道他怎麼了，反正這傢伙有時挺無厘頭的，現在最要緊的，是把我的蛋糕藏得天衣無縫。

「妳找我出來做什麼？」

「呃……」迅速將四周環顧一遍，我慢吞吞伸出手，指指一旁社區老人專用的棋盤。「下……下棋。」

「下棋？見鬼了，妳又不是那塊料。」

「你什麼意思？本姑娘也會想要鑽研中國博大精深的文化的！」

「那妳慢慢鑽吧！那是什麼？」

一個不留神，他已經探身到我後面，逮到那只盒子，再好奇地等我回答。

如果可以，我真希望哈利波特的故事是眞的，不能把蛋糕變不見，那把我弄消失也好啊。

我尷尬萬分地掀開紙蓋。「我……我先告訴你，這其實是蛋糕，雖然看起來不怎麼像。」

「是不怎麼像，看起來倒像是……像什麼呢？像……」

「海綿，還是壞掉的海綿。」

「啊！對，謝啦！」

「不客氣。」

家醜不外揚，我趕忙要蓋上盒子，楊柏聖卻先一步攫走一塊蛋糕，一口氣就送進嘴裡吃起來。

我瞠目結舌望著他開始咬嚼，不是因爲他突如其來的舉動，而是……萬一他被我毒死了怎麼辦？

「嗯！還可以啦！」他吃掉一個，舔著手指頭下評語，「就是太甜了。」

「……就這樣？」

「還有，有蛋殼在裡面。」他從嘴裡拿出一小片蛋殼，頑皮地笑笑，「吃起來像餅乾。」

我明白了你不會惡劣批評我的蛋糕，卻又害我的心情更爲低落。

「我是第一次做蛋糕。應該直接買現成的請你吃才對，我只想謝謝你幫店裡忙。」

「親手做的更令人感動。」他拿出第二塊蛋糕，並沒有馬上送入口，反倒若有所思地凝視它難看的模樣，喃喃說了一遍，「很感動。」

當你變得沉靜，連我都不能深入的地步，我便猜到你又想起雨喬，和當年與你無緣的香草蛋糕。沒想到我反而招惹你傷心，我今天好失策。

「別吃了。」我奪走他手上的蛋糕，自己咬了一口，「難吃死了。」

「才不，妳味覺有問題。」

你又把蛋糕搶走，恐怕我二度侵犯，匆匆把整塊蛋糕塞進嘴巴。我看在眼底，覺著無以名狀的喜悅和心酸，你知道那是間接接吻嗎？你不會知道你已經悄悄偷走我的吻。

我垂下頭，陷入複雜情緒，楊柏聖驀然伸手在我臉上抹一下，有點得意。

「什麼呀？」我不安地摸摸臉。

「奶油，妳沾著奶油從家裡一路走來，都不知道啊？」

「你爲什麼不早告訴我？」我頓時氣他的幸災樂禍。

「我想多看一會兒嘛！那可是妳拚命幫我做蛋糕的證據呢！」

你笑了，如此天眞，如此高興，坐在你身旁的我無法言語。我辦到了，從今以後，你會有同樣燦爛的笑容，你會對我非常非常感動，你會在未來的某一天發現……發現這個女孩原來這麼喜歡你。

楊柏聖從紙盒裡拿起第三塊蛋糕，也是最後一塊。我沒來由希望他別那麼快吃完，這樣才能在他身邊多待一會兒。我們如此靠近，我極力珍惜著他炙熱的體溫、輕微的鼻息、溫柔的笑語，那種珍惜的渴望和思念相似。

想念的程度和距離好像是成反比的，乍聽不太合理，可是最近每一個晚上當我從我幽黑的窗口眺向你白爍的窗口，我總待期待你也會在那一頭深情款款想念今天的我。

我們近在咫尺，所以思念相對濃烈，你卻不懂我的思念，所以我們也在天涯。

＊

然而，有一天，我決定遠遠遠遠逃離這蔓延的思念，它原來是荊棘嗎？那麼帶刺。

星期五，黑色星期五，我從補習班走出來，身邊照例圍繞許多班上男生。我喜歡和他們笑鬧，從他們痴迷的眼中，能補捉到我魅力的證明，我想那是身爲女性內心深處的小小惡作劇。

楊柏聖來接我下課，他見到我和那些男生有說有笑地走在一塊兒。我跑向他，他並沒有給予任何善意的回應，只是嚴肅地、不語地盯著我半天，我傻傻問他怎麼回事。

「誰都看得出妳在勾引他們，那一套妳從大學時代就在玩了，眞沒想到現在一點都沒進步。」

「你在生什麼氣啊？」我覺得他的話很沒禮貌，而且和平時的嘲弄不同。

「我才沒生氣，我只是……」楊柏聖猶豫地舔舔唇，尋找適當解釋，「我只是不高興，不高興妳和他們……打情罵俏。」

有那麼幾秒鐘我沒吭聲，因爲我想大聲尖叫，撒花轉圈圈，順便放個煙火慶祝也行！我的直覺不會有錯，身經百戰了，再怎麼拙，也知道那傢伙在吃醋，他吃醋了！

也許是我的竊喜太過明顯，叫你發覺，你的態度立刻轉為尖銳刻薄，亟欲和我劃清界線。因此你痛心疾首地說：「妳已經不小了，到底想交幾個男朋友？認眞找一個，然後固定下來吧！」

我眞不敢相信，你竟和伯母說出一樣的話，你怎麼可以？誰都可以那麼唸我，就是你不行！你那麼對我說，豈不代表你根本沒有一丁點喜歡我？

我眞討厭你！討厭得想當場甩你一巴掌。不過我沒那麼做，理由是補習班外面有一對小情侶，那女孩在大吵後用力摑了男友一記，鋒頭全讓他們給搶了，我沒必要再畫蛇添足。

「我討厭你。」

死寂中，我只是低聲說了這一句便掉頭跑走，你一定還錯愕地目送我的背影吧！當然了，說討厭你的我……原本應該狠狠開罵，我卻沒有。我望著你，掉下了眼淚。

我以為……不管我們吵得天翻地覆、形同水火，我也都不會哭，因為我一定會比你更凶。

過幾天，在沒有和楊柏聖見面的僵局下，我去了日本。雨喬上個月就邀我同行，我沒告訴他，便和雨喬一起到東京自助旅行。

為了氣你，也氣我自己，我選擇離你遠遠的方式。東京其實不挺遠，但也不是說來就能來的地方。於是，就在你即將回加拿大的兩個星期當中，我卻飛往別的國家，我大概是天底下最不懂得把握機會的人，也是最笨的，是我的心允許你讓它難過。

那趟旅行，我和雨喬大玩特玩，不過，我們兩人都沒那麼盡興。雨喬在睡前雙眼惺忪地說，看到那麼多新奇的科技和美麗的風景，她就希望學長也能一起到這裡。我則滿腦子楊柏聖那渾蛋，恨死他害我到現在還這麼傷心，卻又悄悄期待他會尋找從台灣失蹤的我。

原本想要利用分隔兩地讓他思念我，這其實並非明智之舉，因爲受害最深的通常是出餿主意的自己，想起他的時刻，我最感到寂寞了。

一個星期過去，和雨喬回到台灣。她北上，我南下。後來，我一個人拖著行李穿越人來人往的機場大廳，經過一片此起彼落的歡呼聲。有人接到了他們重要的人，也有人還心急如焚地等待。我曾一度佇足，搜尋起廣場上零零落落的座位，果然沒找到你。

當然了，就像這次你從加拿大回來，我也沒讓自己去機場接你。那樣很怪，我們不是什麼特別關係，你並沒有義務和其他人一樣，著急地在機場等我回來。

雖然如此，我還是抱著一絲絲希望。直到回到家，打開窗，這一回，你的方向沒有亮光，淩晨一點了，我的情感也不再有照明的燈塔。

隔天下午，我到「諾貝爾」去，先遇著伯母。從我進門到倉庫，她都不停抱怨店裡忙不過來，全都因爲我貪玩跑去東京。然後，我看見楊柏聖在倉庫做分類，裡面空調吹送出書籍特有的植物味道。

他原本蹲在地上忙，發現門口有人，回過頭，怔怔，露出一抹什麼事情都沒發生過的微笑，我見了就一肚子火。

「嗨！回來啦！聽說妳去了日本。」

「嗯！」我試著重新對你冷淡。

「就妳一個人去嗎？」

「當然不是，和雨喬一起。」我也試著不那麼在乎你了。

「那，一定很好玩囉？有沒有買土產、禮物之類的？」

他理直氣壯地朝我伸出手，我瞧了一眼，重重打下去，「沒你的分！」

我轉向淩亂的書櫥，爬上小鐵梯，開始粗魯地抽出第一本書、第二本書……而楊柏聖還站在原地不動。

「小芹。」

「我說過，沒有就是沒有！」

「那天，我不是故意要說得那麼難聽的。」

我頓了頓，一隻手還停在書櫥之間，忽然不想回頭。

「妳有妳自己交朋友的權力和方式，而且那也沒什麼不對，我知道妳的人緣向來都很好。」

他到底要幹麼？他到底要說什麼？這樣的楊柏聖快叫我雞皮疙瘩掉一地了。

「妳伯母說妳剛和男朋友分手，一定不好受吧！我不該講得那麼過分。總之，那天說的都不算數，妳就當作沒聽見吧！」

「不算數？」我的音調莫名上揚了，情緒也是，「包括你說不高興我和那些人打情罵俏嗎？」

「這個……反正是不中聽的話，妳就大人有大量，忘了吧！」

「忘了？」我轉身，迅速舉起手中的書朝他扔去。「我告訴你！從頭到尾你最中聽的就是那句話了！忘了？」

楊柏聖嚇得往旁邊跳，「喂！妳幹麼？我想向妳道歉耶！」

「不用！你只會害我更生氣！早點滾回加拿大啦！」奇怪，爲什麼就是砸不中他？

我一直拿書、一直丟他，他也一直閃。最好現在伯母不要進來，不然她一定會抓狂尖叫。

「小芹，妳沒事發什麼飆啊？我又沒故意惹妳。」

「我就是討厭你啦！怎麼樣？怎麼樣？你不要躲！」

一本《易經》從我手中飛出，錯過楊柏聖耳畔，打中牆角的空紙箱。紙箱子倒了，散出許多紙飛機來，少說也有二十架。

我喘喘氣，瞧了瞧一地的飛機，再狐疑地瞟向他，「哪來這麼多飛機？」

楊柏聖見我停下來，一方面鬆一口氣，一方面變得尷尬，蹲下身，將飛機一一撿回箱子裡。

「找不到妳，聽說妳去日本了，我又不可能真的買機票過去，或者妳中斷行程回來，怎麼想都沒轍，所以……我摺飛機。」

我愣愣看著他，他的話彷彿說到一半就中止，彷彿還不完整，但我聽得出比摺飛機更多的意思。

我站在小鐵梯上，注視下方牆角的楊柏聖，他微微抬起頭，無奈地笑笑。

「妳會不會覺得……我一點都沒長進？」

原來……如同我察覺到你多情的心緒，你也曉得我是想念你的嗎？

我懂得你那尚未出口的言語，也懂得你那抹馴良笑容裡的意義，明明我們什麼也沒說，明明前一分鐘還在吵架，我卻懂的，原來思念的形狀像飛機，劃過天空的時候，總會在後面留下一道好長好長的飛機雲絮，久久不散。

「你，眞的蠢斃了。」

這一回，我依然沒對你留情，爲什麼要？這是我們兩人的相處模式，我和你之間大概永遠不會有什麼小鳥依人、肉麻浪漫的畫面出現，反正，那並不適合我小芹和你楊柏聖嘛！

「快下來收拾啦！書都被妳丟了一地。」

「好啦好啦！」

我準備爬下小鐵梯，腳下踩空的那一刻，心裡眞是怨嘆，如果我們眞的註定和羅曼蒂克無緣，起碼……起碼也別太過難堪嘛！

我從梯子上跌落，屁股硬生生滑下兩三層階梯，驚叫聲中，楊柏聖一個箭步想救我，卻來遲一步，不僅被我撞倒，還被我重重壓在地上。

「好痛喔……」雖然有他當肉墊，我還是疼得不得了。

而他應該會比我更慘，所以他的手朝地面猛拍，一副在摔角台上投降的狼狽模樣。

「求求妳……起來啦！妳到底去日本吃了幾斤的生魚片回來呀？」

「是、是不少，可也沒這麼誇張吧！」

我挪開身體，楊柏聖掙扎著坐起來，和我一起搓揉碰傷的地方。我隨手拿起一架紙飛機，定睛端詳半晌，將它扭曲的機翼扳好。

「喂！這些飛機給我好不好？你應該不會帶它們去加拿大吧？」

「妳要這些東西做什麼？」

「嗯……等你去加拿大之後，就換我摺紙飛機呀！不知道會累積到多少架喔？」

他淺淺側頭，看向背後的我，問：「妳要摺到什麼時候？」

「就摺到你回台灣囉！到時候你回來，一定就是這些紙飛機的魔法。」

「妳希望我早點回來啊？」

他賊兮兮地衝著我笑，我當然也不是省油的燈，這次一定要將他一軍。

「哼！難道你不想早點看到我？」

嘿嘿！果然，楊柏聖呆住了，我感到他輕輕和我碰觸的身體傻地僵硬，就是不知道有沒有臉紅，我看不見，因爲正忙著忍住這股勝利的笑意。

「妳……發什麼神經啊？」

「咦？你敢否認嗎？」我也回頭，神氣凜然問他，那時候我們靠得非常近。

下一秒，楊柏聖的反應很奇特，他先是想要反駁什麼地瞪住我，後來幾經掙扎，沒來由垂下眼，些許窘迫地搔搔頭，然後再抬起那雙明亮的黑眸，似乎已是一個世紀般地凝視我。

現在，臉變得紅通通的人，好像是我耶……

「老實告訴妳，我老早就不想回加拿大了。妳知道嗎？這一切……」他又接近一些，靠向我，他的額頭抵住我的，比想像中要燙熱，瀏海扎得我的鼻尖好癢，楊柏聖他……他怨怪地笑了，「都是妳害的。」

儘管如此，儘管他說不想離開，一個星期後，楊柏聖還是搭機飛往加拿大了。但是，那一天、那間充滿書本氣味的倉庫，和那二十多架的紙飛機，恍若昨日。每當我回想起他責怪一切的不捨都是我害的，便會不自禁伸手摸摸額頭，兀自輕輕笑了起來，那餘溫好像還在。

這一年夏天，我考上研究所，而楊柏聖又將回來了，於是，夏天其實也沒那麼討厭。

我去年因爲你而剪掉的頭髮又變長了，先前染成的紫紅色褪到髮尾，遠看幾乎是一頭黑亮亮的光澤，它長的速度彷彿特別快，會和對你與日俱增的想念有關係嗎？

今年的暑假時間特別多，昨天先上桃園，到「台茂」血拚五件衣服、兩對耳環、一只手錶，我打扮得美麗動人、傾國傾城，乖乖坐在機場大廳等待。你的班機再過五分鐘就會抵達，我在耐不住的等候中稍稍闔上眼，你的距離和我愈近，我的心跳也跟著蠢動，被我鎮壓一年的思念，隨著我們見面的倒數，膨脹發燙。

想你，不是因爲離你遙遠，而是我太想和你在一起，在一起，深深靠近。

見到你的時候，我該說什麼呢？先緊緊、緊緊地抱住你好嗎（像感人肺腑的連戲劇那樣）？還是先吐槽你的黑眼圈（聽說你興奮得睡不著覺）？

不過，我看還是先秀出我的絕頂手藝好了，有一塊不像海綿的蛋糕和三百六十五架的紙飛機！我知道你會很感動。

—在風裡—

他沒自信和她一直在一起，所以找了成績當藉口，讓自己在自卑的龐然壓力之下可以好過一點。

他所在意的，子言完全不在意。

他所缺少的，是她在公車站牌下傻傻等了一個下午的勇氣。

她喜歡清晨在公車站牌旁等候的片刻。有時，空中飄散著微涼的霧氣，有種神祕感。

周圍一起等車的人幾乎都是學生。有同校的，也有附近高工的，三三兩兩成群，都是些熟面孔。而她總是一個人站在老位子，跟那些小團體維持不近不遠的距離。

她身上的制服永遠整潔，手離不開英文單字的速記本，安安靜靜地佇立在一棵印度紫檀旁邊，偶爾，附近那隻黃色小土狗會過來嗅嗅泥土的味道。

其實，她比較喜歡看看其他等車的人在做什麼，尤其是那些和自己不同校的，感覺好像是另一個世界的人，不曉得那邊會有什麼樣精采的話題。

英文單字的本子只是她用來驅趕追求者的護身符。過去，曾有過幾次男學生過來搭訕的經驗，偏偏她又不擅長推辭的工夫，每回總要跟他們僵持很久，直到姍姍來遲的公車幫她解圍。

後來有一天，終於有一個人在其他男學生蠢蠢欲動之前，走到她身邊，毫無預警地拿走她努力埋首的英文單字本。她被這個突來的舉動嚇得不知道該怎麼反應，只是抬頭看向穿著跟她同校制服的男生。

高高瘦瘦的個子，沒燙過的襯衫不紮進褲子裡，白皙淡默的側臉，邪氣的丹鳳眼勾勒出他玩世不恭又憤世嫉俗的情緒。

「有個單字忘了，借看一下。」

他若無其事地說，她卻連好或不好都說不出來，而原本正準備過來要電話的男學生不敢再進前，以爲他是她的誰。

不過，那都是她升上高中前的事了，只是偶爾會在發呆的時候想起那些零碎片段。

公車噴著墨黑廢氣開過來，子言隨著人潮上車，找到偏後的座位，將英文單字本放進書包，改望向窗外流動的晨景。

下一站，又是一批學生湧上車，座位立刻就被坐滿了。她習慣性地側頭尋找，輕鬆找到他依舊不把制服穿好的身影，他和一個娃娃臉的女孩站在一起。

說巧不巧，他在說笑中忽然往她這邊看。稍稍停頓，子言暗暗嚇一跳，把視線轉開，困窘地紅了臉。

他和她交往的時候，他們不同班。現在，他和別人交往，卻編入有她在的班級。

緣分，眞是很莫名其妙的東西。

她念的國中實施分班制，她在A段班，成績維持中上，不允許往下掉，卻似乎少了分衝勁。他在B段班，成績看他的心情變好變壞，是那群師長眼中不良少年的頭兒，他叫陳威旭。

他在那天幫她解了圍之後，從此，子言只注意公車站牌的一個身影，對他的世界充滿了好奇。

他總站在她身後三步不到的距離，率性而沉默的背影警告性地爲她擋掉不少糾纏，兩個月說短不短的時間，他們從不交談。

有一天，車上乘客特別多，他們都沒位子坐，拉著上頭吊環，並肩站在中間走道。她才發現他好看的臉上多出些許又紅又紫的顏色。

子言伸手進書包摸了摸，拿出一張ＯＫ繃，猶豫很久，不語地朝旁邊遞出去。

他低下頭，見到她秀氣的手指捏住一張ＯＫ繃。

「不用。」

她垂著眼，聽著他簡潔又冷淡的回答，乖巧地把手收回來。

他瞥向她，那拿著ＯＫ繃的手彷彿無處可去地晾在半空中，看得他幾分內咎。

他伸出手，任性地把ＯＫ繃奪了去，子言怔怔面對自己空出來的手，甜甜地笑了。

他對她說，昨晚在遊樂場遇上對頭，那傢伙向來不識相，狗嘴吐不出象牙，所以他好好教訓了對方一頓。

「遊樂場是不是有碰碰車和旋轉咖啡杯的那種？」她想像中的可愛場所，無法和打架串在一起。

「不會吧？妳沒去過？那裡只有一堆電動可以打，啊……還有夾娃娃機，妳們女生會比較有興趣吧！」他驚訝她的孤陋寡聞。

她知道夾娃娃機，可是只在經過機器旁的短暫時間會刻意多看一眼。

子言不好意思地抿抿唇，說她放學後不會在外面逗留，陳威旭一副很了解的樣子。

「我知道，你們A段班的一放學都去補習班報到吧！」

然後，她一反平常的文靜形象，很得意、很開心地對他說：「我從沒補習過，書都是自己念的，放學後還要去上課，我覺得好慘喔！」

她燦爛的笑臉出乎他的意料之外，害他一時看傻了眼。

那是他們第一次交談。清晨在公車站牌下的等候，漸漸成了她每晚入睡前最期待的事。

春季將要過去的某一天，他們照例在站牌下等了車子十分鐘左右。上車後，找到僅剩的兩個並排的座位，她靠窗，他今天格外沉默。

「你心情不好？」她關心地問。

他受驚般地轉向她，然後孤僻地注視自己的手，「不是不好。」

她貼心地決定不打擾他。稍晚，陳威旭開口了。

「陪我去一個地方好不好？」

「哪裡？」

「淡水。」

她端詳著他彷彿有很多話想說的側臉，不同以往。

「好。」

這是她生平第一次蹺課，在導師的點名簿上留下第一次的不良紀錄。回家後，第一次對家人撒謊說是在公車上睡過好幾站。

車子開得愈遠，忙碌的城市拋得愈後頭。風裡的味道改變了，鹹澀的、潮濕的，很寬廣的味道，卻是有點似曾相識的感覺。

她輕輕倚靠髒兮兮的窗戶，閉上眼，悄悄吸了飽滿的這奇妙氣味。

「妳不怕挨罵嗎？」他曾經不放心地問過她。

即使開始交往了，她仍然感到陳威旭很替她擔心她會受罰，每次見面總要問她，沒關係嗎？會不會被罵？

他的憂心，彷彿是戒不掉的例行公事。她只是單純認爲那是他體貼的表現。

早晨的淡水很冷清，微涼，她踮高的雙腳卻熱情地旋轉，跳芭蕾舞一般，輕快地奔過蓊鬱草坪，暢快地笑談自己的糗事，她意外的活潑讓他驚奇。

陳威旭帶著她走上通往老街的堤岸，他腳長步伐大，子言好幾次必須加快速度跟上去，不多久，他像是良心發現地停下腳步，等她賣力地過來。

「妳不問爲什麼帶妳來這裡？」他奇怪她的冷靜。

「到哪裡都沒關係啊！」

因爲是跟你在一起。她把這句話放在心底。

「妳也不問……我爲什麼會和妳一起等車？」

「咦？」

「我家其實是在下一站。」他略爲靦腆地告訴她。

她在沒料到的錯愕中，慢吞吞紅了臉。

「我在等妳哪一天會問我，幹麼老站在妳後面。」

「……」

「我就會跟妳說，我想站的位置根本不是妳後面，是妳身邊。」

「……」

「妳什麼都不問嗎？」

他聲音裡有著著急和沮喪，因爲子言始終看著自己動彈不得的腳，而他很怕她下一秒就會拔腿離去。

不過，好久，她依然在原地停留下來了。

「你已經在我身邊了。」

回頭找公車站牌的路上，他是牽著她的手回去的。

從遠方海面吹來的徐徐微風中，她幸福地笑著。

他們的相遇從公車站牌開始，諷刺的是，分開的時候也是在那個地方。

她等著，他沒來。

子言才明白，爲什麼當時對那海風的氣味有一種說不出的熟悉感。淚水止不住滑落的瞬間，她嚐到鹹澀的、潮濕的，而且停也停不下來的味道。

然後，進入漫長暑假，他們誰也沒再見過對方，直到高中開學，沒有分班制度，學生全打散了。她的成績躍升到班上前三名，常被派去參加演講比賽、作文比賽，運動會也拿下跳高第二名和短跑第三名。因此，她理所當然被選爲班長，每天早上朝會時負責點名的工作，點名簿上有幾個名字，是人緣極好的她很少交談過的，一個是陳威旭，一個是她國中時的死黨。

「我們交往的事，不要跟別人說。」

那年，他從淡水坐車回去的路上，主動這麼要求。

「爲什麼？」

「……對妳不好。」

他不願聽見有人閒言閒語著說她交了一個B段班的男朋友。

不過，子言卻把這件足以令她快樂一整天的事，告訴一位她自以爲很要好的朋友，她說她的男朋友就是陳威旭，還交代，不要說出去喔！

不久之後，班級之間幾乎人人曉得這件事，對他們這對不協調的組合竊竊私語。

她總是微低著頭，快速通過流言四起的走廊，然後帶著笑臉和他在公車站牌那裡見面。

現在，陳威旭身旁那位娃娃臉的女孩子就不會有這樣的困擾。

子言暗地裡欣羨著她偷偷染成淡褐色的那幾綹髮絲、粉粉亮亮的唇色，還有十片手指甲上討喜的花朵。

她是隔壁班很活潑的女孩子，不畏師長監督的目光，旁若無人地和陳威旭在學校出雙入對，因此，子言也不乏撞見他們手挽手經過教室外走廊的機會。

每當陳威旭不小心對上她的視線，他浪蕩不羈的黑色眼眸就會泛過一絲愧咎。子言不怪他當年的不告而別，她想，一定是她太無趣了，她連撒嬌都顯得笨拙，只有念書比較在行，所以，那英文單字的小本子又重新回到她手中，陪她一個人等公車。

不過，小本子嚇阻的威力畢竟不夠，不多久，她又被一個高工的男學生纏住，對方特別死心眼，害她趕不上這班公車，幸好最後她趕在鐘聲響起前一分鐘狼狽地衝進教室，匆匆用手指梳理頭髮的片刻，瞥見座位在最後一排的陳威旭，先是隨著她的出現起身，然後鬆了一口氣，坐回位子上，繼續和朋友打鬧。

會是因爲在那班公車上不見她的蹤影，在擔心嗎？

子言搖搖頭，把準備自習的課本拿出來，先告訴自己那只是她一廂情願的錯覺。

在學校，她盡量讓自己很忙，忙得沒辦法分心胡思亂想，她主動幫忙老師大大小小的事務，管好班上秩序，在班會俐落地解決同學的問題。

然而，總是會有酸葡萄的聲音不請自來，說她在討師長歡心，還說她的模範生寶座就是這麼來的。

子言聽了很難過，只好開始變得低調，可是青春期的女生小動作特別多，有一次數學課，她被派去辦公室拿考卷，沒聽見老師明天要小考的消息，回來後詢問旁邊同學，對方只跟她提到作業要寫哪裡。

小考的成績出來，她只拿到六十八分。事實上，一看到考卷上沒預習過的題目，子言便有了不好的預感。

數學老師是出名的嚴厲，考不到七十分，少一分打一下。當她被叫出去，班上響起一陣不能置信的驚呼，子言更加難堪，紅著臉，不知該怎麼應付同學們紛紛投來的目光，從自己座位走到講台前沒想到會是這麼遙遠的距離。

她挨打的那瞬間，沒人敢吭聲，只有竹條迅速劃過空氣的結實呼嘯。

下課後，班上同學仍舊對她的反應十分好奇，偷偷窺探，掌心疼痛難當的關係，子言費力地把難看的考卷收進抽屜，起身，走出去。

她經過後面公布欄時，陳威旭的眼睛擔憂地追隨她走出門外。打從聽見老師叫出她的名字，他就一直很心疼她的處境。

要找到子言並不容易，廁所外、操場、籃球場他都試過了，最後才在通往頂樓的樓梯間發現她。

她孤伶伶坐在階梯，雙腳規矩併攏，雙手交握在膝蓋上，垂著頭，好像在看地上爬過的螞蟻。

陳威旭走上去，坐在她身邊，遲疑一會兒，把一罐很像萬金油的東西遞到她面前。

子言只是奇怪地看，並沒有接下來。

「這個很有用，擦上去很快就不痛了。」

「……」

「再不快擦，手上的瘀青會更嚴重喔！」

「……」

他拿她沒辦法，索性把她的手抓過來，硬是把涼涼的、氣味很重的油膏塗在她紅通通的掌心。

她的手腕很細，似乎只要他一用力就能夠折斷。她有漂亮的手指，修長得像彈鋼琴的手。

幫她擦藥的時候，他觸碰到的手心又紅又燙，有兩道淺得不能再淺的瘀痕已經呼之欲出。

一定很痛吧！他想。

但是，那兩下竹條接連落下的剎那，還有她獨自走出教室直到現在，子言都是安靜的。沉默，是她選擇解決自己窘境的最佳語言。

「我也常挨打啊！」他說。

她掉下眼淚，一滴，兩滴，掉的速度愈來愈快。

他頭一次見到她哭，不曉得能幫上什麼，只好陪她到上課鐘響。

「上課了耶！」他提醒她。

子言從口袋掏出潔白的手帕，在眼睛按了按，「你先進去吧！我不想讓別人看出我哭過。」

他不放心留她一個人在這裡。

「看不出來啦！」

「看得出來。」她比想像中倔強。

「我看看。」

他半彎下腰，從下方望住她，子言因爲他過分接近的面容而愣住，近到可以聞到她身上保養品香味的距離也在他意料之外。陳威旭尷尬地抽回身，倉皇跑下階梯，跑出她困惑的視線。

功課向來很少讓父母操心的子言，回到家不免被父親叫到書房精神訓話，順便提起家裡未來的計畫母親送消夜給她，也忍不住提醒現在千萬不能鬆懈。

記得她上一次也讓父母這麼緊張，是她生日前一天。國三是考生的重要時期，她的成績卻有走下坡的趨勢。在黃昏的庭院，父親不確定地詢問她是不是真的需要去補習，母親接著附和，要她明天就去補習班看看環境，情急之下，她騙他們會去補習班問清楚狀況。

隔天，她在公車站牌下等了一整個下午，懷念那天那陣屬於大自然的風。

子言自書本中抬起頭，環顧房裡琳琅滿目的獎狀，有多少張，就代表她犧牲多少睡眠和時間交換，她不覺得驕傲，看著那些富有鼓勵字眼的紙張，只有一絲淡淡的悲哀。

如果能再去那個地方就好了。

她曾經在那裡開懷大笑，高舉雙手對著天空轉圈子，和他並肩走過看似永遠走不完的長長堤岸。

那裡的空氣是自由的，有無止無盡的味道。

能再去一次就好了。

下學期一開始，子言又被選爲班長。她在班會後，立刻就到辦公室去，說明不能勝任的原因。導師捨不得，要她做到那一天爲止，子言勉爲其難地答應。

「對不起。」

她當值日生的那天，正在擦黑板，身旁有個羞澀的聲音向她道歉。一看，原來是那位國中死黨，守不住她和陳威旭交往的祕密部位。

「妳一直不和我說話，我很難過。」死黨非常忸怩不安，不太敢直視她的眼睛，只好拿起另一個板擦幫忙。「我去辦公室時，聽到妳和導師在講話，一想到時間不多了，就覺得再不把握機會，妳就不會曉得我有多想跟妳說對不起……我眞的不是故意要說出去的。」

她早就釋懷了。「我知道妳不是故意的，只是那個時候自己太驚訝，有點生氣，才不想和妳說話，結果，一天不說話，就變成兩天，然後三天……後來就不知道該怎麼開口了。」

她佯裝無可奈何地聳聳肩，死黨破涕爲笑，兩人合力擦完一整塊大黑板，心裡的陰影也跟著潔淨如新。

子言想，只要有了開端，接下來的事就會變得簡單容易，比如和好這件事。

她還想，對於當初和陳威旭不明究理地分手，一定要找個機會問清楚，不然，她失落的情緒永遠都會停留在過去。

就在她即將卸下班長職位的前一週，有女同學慌慌張張從外頭跑進教室，嚷嚷，「陳威旭……陳威旭在打架！怎麼辦？他在籃球場跟三年級的學長在打架！」

「老師呢？」子言在情急之下，先想到最正確的解決之道。

「出差了啦！怎麼辦？要和別班導師說嗎？」

於是同學議論紛紛，擔心事情會鬧大到不可收拾。

子言一個人跑出教室。

聽說，起因是爲了陳威旭的女朋友，高三學長和她曖昧往來，陳威旭聽信女朋友說是學長對她動手動腳，他要爲她出氣。

籃球場圍觀的學生已經不少，圈子裡是兩名高三學長和陳威旭打得激烈，子言好不容易擠到最前面去，看到傷得不輕的陳威旭和正在觀戰的女朋友。

那個女生雖然面露擔憂之色，卻掩不住喜孜孜的得意，似乎有人爲她幹架是件了不起的事。

「住手！不要打了！不要打了！」

子言嬌弱的聲音淹沒在四周的叫囂裡，根本起不了作用。三個大男生又打得渾然忘我，她索性衝進圈子，衝到兩人中間，陳威旭嚇一跳，對方也是，但收手不及，她閉上眼，壓下不少力道的拳頭還是擦過她的右臉頰。

後座力使她往後跌，摔進陳威旭懷中。

「喂……」

他見到她娟秀的臉龐紅了一片，雙眼還緊緊閉著，不禁怒火中燒，掄起拳頭，又往前撲。

「不可以！」

子言從後方用力抱住他手臂，他緊握的拳頭不上不下地停在半空中。

「不可以！不可以打架！」

「放手！那渾蛋連妳都打耶！」

「我說不可以！我沒關係……你不要打架……」

她拚了命攔住他，使得他手臂隱隱作痛，讓他不得不垂下來。

子言見他聽話了，便走向前，對那兩位高三的學長說：「我是他的班長，我要把他帶走。」

「事情不能就這麼算了！」他在後面抗議。

「打架不能幫你畢業。」她回頭嚴厲地告訴他，「你不可以被退學。」

「……」

「走吧！」

她經過他身邊，靜靜地離開籃球場。陳威旭在原地躊躇半晌，才不甘不願地跟上。途中，他瞟向女朋友，那個娃娃臉的女生像是害怕被牽連進去，而默默地退回人群裡。

保健室的老師把陳威旭長篇大論地訓一頓，才幫他上藥，然後又責怪子言太多事，應該先找師長過去處理的。

她只是歉然地微笑，並不想讓太多師長知道這件事，萬一傳到訓導處，可能就免不了要受記過或退學的處分了。

陳威旭的傷勢比較嚴重，被強迫乖乖躺在床上，子言也掛彩，因此老師希望她至少休息到下一個鐘響。

他們的病床中間拉上一張青色布簾，兩人躺在床上都不說話。望著天花板，相隔一層屏障，彼此有很多心事一般。

後來，保健室老師不知爲什麼出去了，子言轉向關上的門扉，又轉回天花板。

「喂……」

她輕輕出了聲，隔壁床的陳威旭心頭一緊，不怎麼自在。

「什麼？」

「那天……你去了嗎？」

「啊？」

「我去年生日的那天，你去公車站了嗎？」

她不願讓他知道她眞的去了，還苦苦等了一個下午。

「……沒有。」

「爲什麼？」

這個問題讓他對著天花板緘默良久。

「不能告訴我嗎？」

她生日的前一天，陳威旭才曉得她的生日，一時想不到該送她什麼禮物。

「可以帶我出去玩嗎？」

「去哪裡？」

「淡水！我好喜歡那個地方。」

「好啊！那明天我們一點在這裡見。」他開心地笑了。

後來，他想起書包有個剛剛在遊樂場夾到的兔子娃娃可以送給子言，於是追到她家門外。在那個黃昏的庭院，她低著頭被父親斥責著，濕潤的眼眶隨時都會潰決一樣……

於是，他想起子言曾提起自己從未補習過的事而歡欣，就是那個笑容，璀燦得讓他不能移開視線，一秒都不行。

「那個時候，妳的成績退步，我認為是我的錯，妳爸要妳隔天去補習班報到，妳答應了，我想，淡水妳不會去了，畢竟學校課業對妳比較重要，妳和我這種人在一起，本來就很奇怪……」

所以，他以為她先背棄他嗎？

所以，他一直在意他們之間AB段班的差距？

所以，他才不停地擔心：妳會不會挨罵？

布簾的另一頭忽然不再有回音，令他好奇地坐起身，等了一會兒，還是沒有動靜。

「子言？」

他揭開布簾，愣了愣。

子言坐在床沿，用一隻手摀著嘴，一隻手緊抓床墊，淌下晶亮亮的眼淚，午後的陽光從窗戶矖進來，她的潸潸淚水猶如灑上金粉，滑落在清秀的面頰上。

當時，他不懂她爲什麼哭。

「我一定是無藥可救的書呆子吧？」她笑中帶淚地問他。

「妳不是，我只是……」他連一句話都說不好。

「你繼續休息吧！我已經好多了，先回教室。」

她下床，穿好鞋，走到門口，打開一半的門，佇立在原地，沒來由回頭看他，楚楚的眼眸，泛起清晨等公車時薄霧迷漫的神祕感。

「我說想再去那個地方，是眞的。」

她走出去，關上門。

然後，一切又像是回到平常的步調。除了一個小風波之外。

陳威旭和女朋友分手了。那個娃娃臉的女生氣瘋了，來到他們班上又哭又鬧，不過，聽說不到三天，她便和那位高三學長開始交往。

子言的死黨和他一起倒垃圾時，心有所感地提起這件事。

「幸好你和那女生分手了，我超級看她不順眼的。」

「別提了。」

「我就是想不通，你到底爲什麼會甩了子言，和那個女生交往呢？」

他鬆了手，整桶垃圾重重摔在地上，子言的死黨被突然下沉的重量扯得差點扭到手。

「你幹麼啦？」

「妳話有沒有講反？爲什麼是我甩了子言？」

「本來就是！你沒去那個公車站，害子言等你一個下午。」

他才知道，原來子言還是依約前去了。

他才明白，那個西曬的保健室裡，子言那猶如灑上金粉的淚水。

到頭來，無法堅持到底的是他啊……

他沒自信和她一直在一起，所以找了成績當藉口，讓自己在自卑的龐然壓力之下可以好過一點。

他所在意的，子言完全不在意。

他所缺少的，是她在公車站牌下傻傻等了一個下午的勇氣。

「該死，我眞該死……」

陳威旭坐在階梯上，懊悔地抱緊頭，深深自責。

又是一個薄霧籠罩的早晨。聽說起霧的那天，會是個大晴天。

她站在那棵印度紫檀下，兀自地想。

學生三三兩兩地散布在公車站牌四周，公車遲遲不到。

她狐疑地走向前，翹首望望，只有騎著鐵馬的阿伯經過，右前方有三名同校的男學生不時朝她這邊打量。

不好！她趕緊翻找書包，英文單字本子、英文單字本子……

「我的借妳。」

她呆呆抬起頭，看向橫擋在面前這寬挺的背，高高的，很熟悉，有本英文單子遞過來。

看著那些男學生識趣地打了退堂鼓，他喃喃自語，「老是靠英文單字也不是辦法啊！」

子言迎向陳威旭愛疼的眼神，偏著螓首，「我是書呆子啊！」

公車總算來了，他們上車，找到座位，她依舊靠窗。

公車車身的鐵皮在震動中嘎嘎作響，上頭吊環晃來晃去，他們並肩而坐的身影也跟著一定的節奏擺動。

「對不起，我失約了。」他打破沉寂。

她倒映在模糊車窗上的眼睛睜得圓圓大大的。

「讓妳等了那麼久，很對不起。」

她輕輕垂下眼，笑了。

「再去一次好嗎？淡水。」

她凝視窗外尚未活動起來的大城市，直到有些出神。

「不好？」

「好。」子言調向他，溫柔的神情雲淡風輕，「不過，不要是今天好嗎？」

「不然呢？」

「嗯……下星期一好了。」

「我一定到。」

他迷人的丹鳳眼閃動著煦暖的亮度。

嗨！威旭。

他來到公車站牌底下，習慣性地先看手錶上的時間，早到了十分鐘。

我祈禱明天會是好天氣，雨天的公車站其實很孤單的。我的運氣一向不太好，等你的那個下午，雨也下了一個下午。

他有點興奮，有點緊張，待會兒想問她將來想考哪間大學，他要和她上同一所大學，不曉得會不會太不自量力？

我一個人等待的時候，心裡想過，其實我自己搭公車去淡水也可以的，如果我眞那麼想去。

不怕！他平常只是不愛念書，不然啊……不念則已，一念驚人嘛！他也曾一時心血來潮，硬是考進班上前十名的。

不過，我還是沒有上車。因爲你不在啊！

他再次確認手錶，相約的時間過去了，不由得心慌，她不會在路上遇到什麼事吧？

因爲有你，所以淡水的天空很藍、草地比平常翠綠、海水也美得像一幅畫。而我一直惦記著那天的風，有著舒服的味道。

「早。」

他聞聲抬頭，又失望地垮下肩膀，是子言的死黨，面色凝重地朝他遞出一封信。

「子言昨天要我交給你的，她不忍心讓你等太久。」

他不解地接下，看著清麗的信封，忽然有種不想拆開的衝動。

如果一開始能夠不當資優生，那就好了。假日時不念書，很奇怪；迷上八點檔的日劇，也很奇怪；想去你說的那種遊樂場，更是奇怪。似乎除了拿到好成績之外，我做其他的事都不對勁。

「子言搬家了，搬到中部去，他們今天出發。」

這件事子言交代要保密，所以這一次子言的死黨非常盡忠職守。

他怔怔望著面露遺憾的死黨，說不出半句話。

每次等公車時，看著其他和我一樣在等車的學生，就覺得自己特別可悲。每個早晨，我都陷在一種很深很深的憂鬱中，直到遇見你。

他緩緩打開信封，攤平信紙，子言端正的字跡一行行地陳列，她常掛在眉心上淡淡的悲傷，宛若信紙上的香味發散出來。

你帶我去淡水，我迎著風，忽然感到自己也可以是自由自在的，只要張開雙臂，就能長出一對堅強的翅膀。風裡有特殊的氣味，鹹鹹的，雖然像淚水，不過大哭一場之後，勇氣好像變多了。因此，每一回我掉眼淚，便想起那個味道，然後告訴自己，我不能忘記如何乘風飛翔。

他舉起手，用力按住眼睛，微微顫抖。好一段時間過去，全身放鬆下來了，他靠著印度紫檀，抬起頭，讓通過這座城市的氣流風乾他放遠的視線。

淡水，我想，我還是無法跟你去了。好像沒在那一天的那個時候去，就再也沒有意義，原因到底是爲什麼，我自己也不明白。

人生不就是這樣嗎？一旦錯過，就再也回不去了。我一個人在公車站等你，有一陣風吹過來，我覺得很親切，因爲它是來自那個海面，因爲它的味道特別的鹹，溫度很高，你知道爲什麼嗎？

現在正在等我的你，能感受到風裡不一樣的味道嗎？

那陣風，他已經遇到了。

—瑪雅的枴杖—

他稍微靠近，瞧見雨傘握把上的粉紅色姓名貼，上頭有 Hello Kitty 圖案，漂亮精緻。

他想起凡是瑪雅的東西，包括鉛筆盒、書本、剪刀、i-cash 卡……等等，全貼上了這樣的貼紙。

瑪雅說：「那是確定東西屬於我的一種方式。」

鈴鈴私心估算，以等級來分的話，昨天那女生算是被用上 Level 5 的程度，她起碼一個星期不會來上學了吧！當初把她反鎖在體育館地下室時，還有點擔心事情會鬧大，不過沒關係，有瑪雅在，這個集團都是因爲有她的緣故，才能夠這麼肆無忌憚。

一個班級，甚至一所學校，每一段時期總會出現一兩位領導級的人物，那種人物深得師長信賴，也是學生們崇拜的對象，瑪雅就是這號人物。

瑪雅的家庭背景雖然沒有顯赫得離譜，也算中上。她天生聰穎，稍微用功一下就可以輕易考上前三名，各項才藝也都拿手，是代表學校出外比賽的常勝軍，而且，她還長得十分漂亮。

瑪雅有一頭不算太短的短髮，稍一低頭，斜斜的劉海就會順過她鼻梁上方，輕輕蓋住她一邊眼睛。高眺的身材，走起路來，簡直就像名模在走台步，她還有跳芭蕾舞的優雅儀態。

也許有人會猜，這種樣樣都好的女孩會成爲霸凌集團的頭頭，想必她有個不幸的家庭環境或過去吧！

鈴鈴很想對那些入戲太深的人這麼大喊：錯了！才沒有那麼戲劇化呢！瑪雅的父母對她很好，又不會過於寵溺，他們一家和樂融融。

瑪雅之所以會想要欺負她看不順眼的人，全是因爲她——太、無、聊、了！一個精明幹練如她的人，學什麼都又快又好，要什麼有什麼，這種過於順遂的生活，不知從什麼時候開始，令瑪雅覺得無聊。

「鈴鈴，我剛沒說嗎？那種手法已經做過了。妳啊……腦袋變笨了嗎？」

當她用既慵懶又冷調的聲音悠悠開口，鈴鈴就知道自己太心軟了。因此，她和其他人不顧一切地一起脫了那個女生的裙子，眞的，不顧一切。當那可憐的女生羞憤地往地上蹲，有人朝她身上潑了一桶藍色顏料，再把她關進體育館的地下室。

「這個怎麼辦？丟到垃圾筒好不好？」負責脫裙子的人拎著那件百褶裙問。

「燒掉。」

「啊？」

瑪雅鋒利的目光一掃，在場的女孩們一致噤聲。

「同樣的話別讓我說第二遍。」

那天，最過分的部分是，瑪雅還要鈴鈴打匿名電話，叫人來救那個女孩子出來，那位救星正是女孩暗戀已久的學長。

如果鈴鈴要說，「其實我也不願意那麼做」，這樣未免有虛僞之嫌，可是，姑且不論願不願意，沒人敢反抗瑪雅，這才是重點。爲什麼？理由很多，有的人是有鑑於反抗者的下場。有的人是對她權威性的魅力又敬又愛。有的人則是有把柄落在她手上，畢竟她身邊的走狗多，並不缺乏資訊來源。

至於鈴鈴，她相貌普通，功課普通，更沒什麼值得一提的才藝，這樣的她，可以成爲瑪雅的跟班之一，主要是因爲她和瑪雅從小一起長大，眞的是打從幼稚園到高中都一直同班，她比誰都清楚瑪雅一路走到今天的所有歷程。瑪雅之所以沒有將她一腳踢開，大概是想把她放在身邊，好使她沒機會到外面亂說話。另一個原因則是，鈴鈴已經習慣了，習慣那些聽命於瑪雅的日子，從很久以前便是如此。

鈴鈴和幾個同樣想擺脫她掌控的女生一致認爲，要治得了瑪雅，除非出現一位比她更偏差的人物，可惜到目前爲止還沒有人有這項殊榮。

後來那個倒霉的女生怎麼了？比請假一個星期更好，她轉學了！這些怕事的囉囉當然高興，她什麼狀也沒告便從學校消失。但對瑪雅就不好，她的玩具少一個，而屬下們就必須再幫她尋找下一個目標。

幸好，那個春天，瞇瞇眼出現了。

「大家好，我是ＸＸＸ。」

不管他的名字是什麼，大家管他叫瞇瞇眼，他是轉學生，學期都過一大半才轉過來，挺少見的。爸爸工作的關係，瞇瞇眼經常隨著工作調動而搬家轉學，也難怪他的自我介紹相當熟練流利。

瞇瞇眼總是笑咪咪的，一臉的憨厚老實，脾氣溫溫吞吞，人又客氣禮貌，在瑪雅集團這群人眼中，簡直就像把一張「請欺負我」的牌子掛在身上。

鈴鈴偷偷瞄向座位上的瑪雅，她高雅蹺著修長的腿，下巴十五度角微抬，以一種盤算的眼神，打量那個才剛試著要融入這班級的大男孩。

鈴鈴知道瞇瞇眼已經被列入瑪雅的名單中，至於要不要對他出手，或是什麼時候動手，那還得看她心情。

瞇瞇眼轉學過來兩個星期，至今相安無事。鈴鈴發現，就算沒有瑪雅，瞇瞇眼的命運也不會好到哪兒去。他是個天生的大蠢蛋！別人丟來的爛攤子，他一律笑咪咪照單全收，而且無怨無悔做到好。路上被人惡意地碰撞，他頂多停下腳步，看看對方離去的背影，道歉，然後無憂無慮走他的路。

他似乎喜歡聽音樂，有時可以見到他戴起耳機，邊聽著什麼，邊彎起和煦的嘴角。

除此之外，他運動不算在行，功課也不起眼，有點駝背，戴耳機的模樣略嫌過宅，就連個性溫和的鈴鈴，也會莫名興起「鬧他一下」的念頭。

這個人該不會生來就是受氣包吧？當鈴鈴爲這陣子的觀察下結論，瞇瞇眼果眞踩到大地雷了！

事情發生的時候正好是下課時間，教室大樓不管哪一處都是人來人往，女孩一行人跟著瑪雅下樓。其實和瑪雅走在一起很不錯，大家會自動讓路，縱然不是衝著她們面子，倒也神氣。唯獨一個搞不清楚狀況的外行人，不知趕著什麼事，匆匆忙忙衝上樓梯，頭也沒抬，她們這群人來不及護駕，便眼睜睜看著瑪雅在他強力的衝撞下跌了下去。

那一刻，女生們全嚇壞了！不是擔心瑪雅傷勢，而是擔心她受傷之後種種有可能引爆的可怕效應。

那個冒失鬼是瞇瞇眼，儘管那當下他慌張地連連道歉，隔天放學就被上官婉兒押到淨空的圖書館。比起鈴鈴這個從小長大的朋友，高中才相識的上官婉兒和瑪雅更麻吉，她們幾乎臭味相投。就某方面而言，上官婉兒的劣根性並不亞於瑪雅。瑪雅使壞是因爲她無聊，上官婉兒使壞則是因爲她喜歡。

「跪下！」

「咦？」

眯眯眼對於上官婉兒的命令還一頭霧水，另外兩名女生就先上前踢屈他雙膝，使勁地把他往下壓。這男生一點也沒有反抗的意思，而是納悶抬頭看施令者，她就像侍立在武則天身旁的上官婉兒。

瑪雅的右腳扭傷，纏上層層紗布，端坐椅子。她肅然定睛在他臉上一會兒，舉起那隻沒受傷的腳，輕輕踩在眯眯眼的額頭上。

「我啊……很討厭藥膏的味道，又土又俗氣，一旦碰到那味道一秒鐘，就要花好幾天才能消除。我有潔癖，一分鐘都沒辦法忍受討厭的氣味。就算你道歉一萬次，也沒辦法解決這個問題，所以至少要付出相當的代價，不是嗎？」

說到這裡，瑪雅使出眼色，鈴鈴立刻走到眯眯眼旁邊，盡量不去觸及他無辜的眼神，一把搶走他掉在地上的書包，然後把裡面的東西通通倒出來！其他人將他的課本、作業簿撕個爛碎，一個家裡剛好開國術館的女同學把一大坨又刺鼻又泥爛的藥膏往他書包內部抹去。

看吧？瑪雅對潔癖的堅持沒誇張，從以前到現在，所有的霸凌動作她都不曾也沒必要親自弄髒自己的手。

那群女生笑得花枝亂顫，不時還迸出興奮尖叫，在場仍舊保持安靜的只有三個人。一個當然是受害者瞇瞇眼，他還以跪姿杵在地上，呆呆目睹他的書包、文具毀於一旦。一個則是始終冷眼旁觀這一切的瑪雅，剛開始，當紙張尖銳的撕裂聲劃過圖書館，她還因為那刺耳的回音而稍稍顯出一點興趣，只是後來一連串上演的戲碼一成不變，「厭膩」很快又封住她才亮起的一絲絲光采。最後一個安靜的人是鈴鈴，她對瞇瞇眼的印象不壞，他那種逆來順受的個性跟她相近。對瑪雅言聽計從的鈴鈴，打從瞇瞇眼第一腳踏進教室，便自然而然地同情他，並且暗暗祈禱這個好男孩千萬別成為瑪雅的爪下獵物，誰知道他那大笨蛋竟自己搞砸，送上門來了。

她們離開前，上官婉兒用剩下的藥膏一坨一坨地塗在他臉上，還用輕蔑的口氣交代：「記得把這裡清乾淨喔！」

不用她說，瞇瞇眼早就認分地把紙張碎片一片片撿起來，一方面為那些不堪再使用的書本惋惜，一方面想要趕快把圖書館還原乾淨。

瑪雅搭著上官婉兒的肩離去時，曾對他勤快的動作若有所思地多看一眼，忽然下令，「明天起，上學我一下車，直到放學我再上車，不管我要去哪裡，你都要隨傳隨到。你，是我的枴杖。」

就這樣，瞇瞇眼悲慘的枴杖人生就此展開。那個時候，她們都以爲這只是瑪雅修理他的手段罷了。

＊

那天起，老實的瞇瞇眼真的乖乖聽從瑪雅的話，他不曉得瑪雅早上幾點到校，乾脆清晨六點半就站在校門口等待，等瑪雅從自家車裡走出來，他立刻上前畢恭畢敬欠著身，讓瑪雅扶著他的肩膀走進教室。

「他說他過意不去，說什麼都要幫我的忙，其實真的可以不必這麼麻煩。」

要是遇到有人詢問，瑪雅都帶著感激的微笑如此回答。身爲枴杖的瞇瞇眼沒吭過半聲，但鈴鈴想，他是真的爲瑪雅的傷勢感到愧疚。

然而，瑪雅才不管他怎麼想呢！她在他自習的時候、吃飯的時候、午休的時候、上廁所的時候，任意地把他呼來喚去，上官婉兒那幫人也從沒停止惡整他的小動作，比如劃花他的桌子，張貼他和裸男的合成照片，把他合力扔進垃圾筒裡等等。

瞇瞇眼成爲瑪雅軍團的玩物，大家都看在眼底，爲了不受牽連，漸漸，也沒人敢理會瞇瞇眼，對一個轉學生來說，他的處境更加孤立無援。

瞇瞇眼比其他人更特別的一點是，他並沒有因此變得沮喪。有的人會選擇封閉自己，有的人成天活得心驚膽跳，有的人乾脆連學校也不來了。鈴鈴還記得有一個男生差點鬧自殺。但那一堆挫折都不影響瞇瞇眼，他照常上課，彎成一條線的笑眼也從沒自他傻愣愣的臉上褪去，即使現在的他沒有朋友，怎麼說呢？瞇瞇眼還是很認眞地在過他的生活。

瞇瞇眼的枴杖日子到了第四天上學時，身邊從沒交談過的瑪雅沒來由對他說話，她的語調很輕，輕得像飛過的小白蝶，不會去特別注意。

「喂，說點什麼吧！」

瞇瞇眼無所適從地望望她，當然她不會那麼好心，主動告知到底要他說什麼。瑪雅卻是他待過這麼多間學校中所見過最美麗的女孩子，在她身旁，他很容易結巴臉紅。

思索片刻後，瞇瞇眼斗膽地問：「妳有沒有……喜歡的東西？」

她掉頭瞪他，彷彿質問這是哪門子的疑問。瞇瞇眼趕緊解釋，「因爲，總是聽妳說妳討厭的事情，妳討厭膏藥的味道，討厭拄枴杖像異形的樣子。不過，從沒聽妳說過妳喜歡什麼，妳有喜歡的東西嗎？」

瑪雅先是不語，又淡淡別開視線。「算了，閉嘴。」

他們難得交談，她就只讓他發言一次。然後，不知道他哪句話觸怒了瑪雅，隔天，瞇瞇眼的隨身碟就被搶走了。

隨身碟對他來說眞的很重要，瞇瞇眼一掃原本的無欲無求，露出前所未有的慌張。他的反應終於讓瑪雅稍微滿意，她漾開漂亮的笑容。

「喂，枴杖，來玩一個遊戲好了。讓我笑，或者讓我哭，隨便你做到哪一樣，這東西就還給你。」

「咦？」

她的要求，別說瞇瞇眼，連上官婉兒也覺得驚奇，不時用納悶的表情探問，但瑪雅眼底完全沒有上官婉兒的存在，因爲她在瞇瞇眼身上發掘到她想要的東西。

有一次鈴鈴和瞇瞇眼一起抬便當，受不了好奇心驅使，於是小聲問他，「喂！你一直在聽那個隨身碟，裡面到底是什麼東西？音樂？」

變得無精打采的瞇瞇眼瞧瞧她，萬念俱灰地嘆氣，「不是音樂，只是一些我隨便錄下來的東西。」

她更不明白了，「錄？錄什麼東西？」

聊起他的寶貝，他原本無神的雙眼總算恢復一些神采。「我不是常轉學嗎？每到一個新城市，我會錄下那個城市的聲音，等到我下次轉學時，就可以當作回憶了。」

「啊？」

「我在收集城市的聲音。」

他絲毫不介意鈴鈴的無法理解，反而得意洋洋。

鈴鈴眞覺得瞇瞇眼是一個怪人，可是，不知怎的，是一個會讓人在乎的怪人。

掙扎一會兒，她坦白跟他講：「雖然我不清楚瑪雅葫蘆裡賣的是什麼藥，不過，就算你眞的做到她的要求，能順利拿回你東西的機會……可能性也不大。」

他又露出那種小動物般既無辜又困惑的神情，很是困擾，「那妳知不知道……該怎麼讓她笑呢？那個到底是什麼意思？意思是要我搔她癢也可以嗎？」

「千萬不可以！」鈴鈴失控地吼他，他被嚇到，立刻閉上嘴。之後，她才娓娓透露，「以前的瑪雅很好懂的，升上高中以後，她心裡在想什麼，就沒有人猜得到了。還有，你不要以爲讓她哭或讓她笑很簡單，她對很多事都麻木不仁，所以，你不要把她給的難題想得太容易。」

笑容，對瑪雅而言，不過是妝點她那標緻五官的裝飾品罷了。

說著說著，鈴鈴注意到他棲息在她臉上的良善視線，佯裝不高興，「幹麼呀？」

「謝謝妳的關心，現在大概只有妳敢跟我講話了。」

完、完蛋了！回家後她拚命祈禱，謎謎眼看出來也就算了，但冰雪聰明的瑪雅可千萬不能發現呀！

瑪雅的腳傷一個星期便復原，當然也不需要謎謎眼繼續做她的枴杖了，但他仍然不能從她魔掌中解脫。他每天講笑話給她聽，拿悲情小說給她看，那些都不能打動瑪雅，最後，謎謎眼使出殺手鐧。

「每天和我一起走路回家。」他堅持。

這是謎謎眼想出的好對策？鈴鈴目瞪口呆，上官婉兒先一步上前抓住他的頭髮，凶狠地，「找死啊？人渣也想和瑪雅一起回家？」

這時，後方傳來瑪雅滿不在乎的回應，「可以呀！反正很無聊。」

看來，爲了打發無聊，對瑪雅來說什麼都不是問題。當天放學，她果然和謎謎眼一起走路離開學校，來到謎謎眼家附近，他擔心她不清楚回她家的路，一路細心指點該怎麼走，講到一半，瑪雅便打斷他的話。

「我知道要怎麼走，這條路小時候走過。」

念國小時，瑪雅就是走這條路上下學的。因此，當瞇瞇眼向她介紹沿路有哪些店家，以及哪戶人家最近有什麼新鮮事，她多少有些印象。也許是這個緣故，瞇瞇眼淘淘不絕說個不停，瑪雅就算沒有搭腔，倒也沒制止他。

不少街坊鄰居見到瞇瞇眼，熱情招呼，有的一聊就聊上好一會兒。瞇瞇眼搬來不到三個月，卻已經和大家混得很熟，而且他們也喜歡這位樸實的孩子。

到了瞇瞇眼家門口，他說要送她回去，瑪雅逕自觀看這間至少有三十年屋齡的舊公寓，問：「這是你家？」

「啊！對，妳……要不要進來坐一下？」

「那就打擾了。」

他只是基於禮貌邀請，沒想到瑪雅眞的要到他家去！瞇瞇眼誠惶誠恐地招待，到處翻找家裡有沒有上得了檯面的茶點。他忙得團團轉的空檔，瑪雅細細瀏覽牆上全家福的合照，一張又一張，偶爾信口問他裡面的人物是誰、現在在做什麼。

他講呀講呀，講到自己有點忘情了，不好意思地把話題拉回來，「我家很無聊吧！」

她斜他一眼，半指責的意味，「光靠照片就可以講這麼多，還說無聊？」

正說著，瞇瞇眼的媽媽接了念幼稚園的妹妹回到家，瑪雅立刻變身爲人見人愛的資優生，瞇瞇眼的媽媽熱情留她下來用晚餐，不過她以家裡等她吃晚飯爲理由婉拒。

瞇瞇眼送她回家的路上，她相當有教養地淡淡說一句，「我玩得很高興，謝謝你的招待。」

瑪雅臉上沒有一絲開心的表情，甚至她連聲音都是冷漠的，瞇瞇眼始終不能了解，今天到底有哪件事值得高興？要逗瑪雅這個人笑，想必比登天還難吧！

＊

那之後，瑪雅天天和瞇瞇眼一道回去，有時她會讓瞇瞇眼護送她回家，有時不會。這段路程沒什麼好提的，通常自己說得很起勁的一定是瞇瞇眼，總是沉默的則是瑪雅。

有一天，一隻黃狗跑過來，纏著瑪雅不放，繞著她打轉、搖尾巴，瞇瞇眼原本想幫忙把狗帶走，她卻低下身，摸摸狗的頭。

「這是賣米酒的王伯伯養的吧？」

「妳怎麼知道？牠叫小黃，聽說年紀不小了，不過牠很厲害，會幫忙送酒到客人家耶！」

「我小六，牠剛被王伯伯收養，那時候還是好小的一隻狗。」

說完，她的手離開小黃頭頂。小黃彷彿還記得這位多年前曾逗弄過牠的女孩，幾次跳到她身上，又被她輕輕撥下。

接著瑪雅問：「你說牠還會什麼？」

於是瞇瞇眼迫不及待告訴她許多關於小黃的趣事，她要把這些年錯過的分一次補足似地專心聆聽，時而發問，時而再把撲上來的小黃移開。

王老伯見到瑪雅非常高興，提起她小時候還是梳著兩根辮子的小ㄚ頭，現在都帶個男朋友在身邊了。

「咦？我、我不是啦……」

瞇瞇眼登時緊張得手足無措，反觀瑪雅，她對王老伯親切微笑，「他當男朋友好嗎？」

王老伯在瞇瞇眼背上用力拍了一掌掛保證，「這孩子不錯！當男朋友最好！沒有心機，做人又熱心，現在很少有這種人了。」

瑪雅還是笑著，「我知道。」

瑪雅不再和上官婉兒那群人回家了，不會和她們一起去逛街、唱歌。這份明顯的疏離感令她們很不滿，而且把不滿之情全發洩在瞇瞇眼身上，他被欺負得更慘，卻仍忠實守住和瑪雅的約定，他要想盡辦法要讓她哭、讓她笑。

對於上官婉兒她們的行徑，瑪雅並沒有出面阻止，她本來就沒有義務爲瞇瞇眼做任何事，只不過，有一個雨天，瑪雅十分難得地展現人性化的一面。

今年提早來到的梅雨季節，在他們放學路上飄下雨來，並不大，絲絲細雨令瞇瞇眼的頭髮蒙上薄薄的一層光。

「進來吧！」

他轉頭，見到撐起傘的瑪雅，眼睛正眨也不眨地望住他，一時半刻，他還不敢確定地指指自己。

瑪雅隨即擺出嫌厭的臉色，「我討厭說第二次。」

就這樣，瞇瞇眼成爲史上第一個和瑪雅共撐一把傘的男生。他戰戰兢兢走在距離瑪雅不到二十公分的位置，盡可能不去觸碰到她一根汗毛，因此，瞇瞇眼大半邊的身體還是淋濕了。

「你不過來一點，不就失去撐傘的意義嗎？」

挨了罵，他這才稍微靠近，如此一來，便瞧見雨傘握把上的粉紅色姓名貼，上頭有

Hello Kitty圖案，這是有取得日本授權的姓名貼，格外精緻可愛。他想起瑪雅的東西都貼上了這樣的貼紙，鉛筆盒、書本、剪刀、悠遊卡等等，反正可以貼的她都貼上了，瞇瞇眼忽然覺得這習慣好可愛。

「妳好像很喜歡姓名貼。」

她忖度他這句話背後的意思，一面傲慢回答，「確定東西是我的，不行嗎？」

他無意間笑了起來，這小動作惹得瑪雅快速瞪他：「你這是在取笑我嗎？」

「啊？不是、不是啦！是……怎麼說呢？」

他又搔起頭，努力思索適當的解釋，瑪雅大概耐不住等待，或者唯恐他下一句話會是在她的意料之外，索性開口擋住他。

「不用說了。」

瞇瞇眼著急地想澄清，「我沒有想不好的事……」

「我知道。」她再次打斷他，「但是，不用說了。」

今天的陰雨天氣來得正巧，他在灰濛濛的視野中見到亮麗的色彩掠過瑪雅臉龐，雖然她沒有看他，卻使他得以在那張動人的側臉多逗留一會兒。

這一刻的瑪雅，並不是他平時所認識的瑪雅。

這算是他在這座城市的新發現之一，瞇瞇眼兀自將這份欣喜放在心上。這時，後方傳來汽車急駛而來的聲音，瑪雅剛準備回頭，馬上被一股力道拉到路邊！

「嘩！」的一聲，噴濺上來的水花正中瞇瞇眼，瑪雅揚頭追看，只逮到缺德的車子尾巴和車上乘客的笑聲消失在路口。

「呼！好像剛游泳上來。」他一邊抹去臉上水漬，一邊笑瞇瞇自我解嘲。

瑪雅滿腹狐疑盯視他和著污泥的笑臉，好像她這輩子沒看過這麼呆的呆子，「你這個人，到底是不是地球人？」

「哈哈！」他只覺得她的問題好笑，完全聽不出箇中的嘲諷意味。

接下來，瑪雅做出一個滿有男子氣概的動作。她脫下外套，遞過去，「穿上。」

「嗯？不用啦！不行啦！妳的外套會濕掉。」

「不穿的話，你身上的水會沾到我。」

瞇瞇眼當下啞口無言，拜領了瑪雅的外套，小心翼翼穿在身上。

那件略嫌窄小的外套還附著瑪雅的香味和體溫，才一碰觸到他，攔也攔不住的熱度衝上瞇瞇眼的耳朵和臉頰，他結結巴巴地道謝。

「謝、謝謝妳。」

他的道謝和別人不一樣，溫暖眞摯，讓人有那麼一點……高興的感覺。瑪雅忖思著原因，然而近距離下一度不經心的對視，只徒增不自在的彆扭。

她別開頭，淺淺回應，「不客氣。」

這段小插曲還有不爲人知的後續，瑪雅記下車牌號碼，請她在國外的一位電腦高手朋友傳上網，謊稱這部車肇事逃逸，內容寫得幾可亂眞，一下子招聚好幾千名網友罵聲連連，最後人肉搜索出車主的身家資料，聽說他和他的車足足被騷擾了半年之久。

究竟瑪雅是爲了渾身濕透的瞇瞇眼，或是爲了她白襪上那一滴再也洗不掉的污漬才這麼做？鈴鈴讀完網路上那位車主討饒的留言後，非常肯定原因百分之兩百是後者。

＊

過幾天的自習課，導師請瞇瞇眼在座位站起來，向大家宣布瞇瞇眼在學期結束後又要轉學了。

上官婉兒她們很故意地當場發出遺憾的長音，她們絕對是因爲又要失去一個玩物的關係。至於鈴鈴呢，她輕輕垂下肩膀，覺得……覺得有點不捨，像瞇瞇眼這麼好脾氣的人，總希望他在新城市短暫的停留裡能夠得到一點……幸福，然後，帶著那一點點像春天種子般的幸福離開，如果能這樣就好了。一想到這裡，鈴鈴悄悄打量斜前方的瑪雅，她那紋風不動的表情略顯蒼白，就那麼端坐一分鐘後，她低頭拿筆，翻開參考書。然而，好幾分鐘都過去了，瑪雅依舊沒有寫下任何一個字。

當天中午，笨手笨腳的瞇瞇眼拿著他的午餐便當，和別人迎面相撞。結果這一撞，把便當也給摔個稀巴爛。鈴鈴佇立在穿堂觀看這一切，他蹲在地上慌慌張張撿拾地上的青菜和飯粒，路過的學生有的在竊笑，有的則落句「好噁心」便閃開。

對鈴鈴來說，瞇瞇眼是一個特別的人。他真的不起眼，又卑微又好欺負，不過，他一定有某種特質吸引了她。鈴鈴想了又想，或許是那種不論在怎樣的環境，他還是會努力去珍惜所擁有的時光。這樣的瞇瞇眼，其實是很了不起的，瑪雅肯定也看出這一點，才會在他身上格外費心，費心地刁難。

「我幫你，這樣比較快。」

沒等他抬頭，鈴鈴已經先動手撿起被弄髒的食物，他看看她，咧開陽光笑臉。

「謝謝。」

就是這種人畜無害的笑容，才容易使人心慌意亂，她避開他目光，顧左右而言他。

「這陣子和瑪雅一起回家，還順利嗎？」

「嗯?很好啊!」

「什麼很好?」

「呃……就是很和平,然後……瑪雅人也很好。」

聽到這裡,鈴鈴打住動作,朝他張大眼睛,把他弄得一頭霧水。

「瑪雅人很好?很好?」

「嗯。」瞇瞇眼認爲她的反應很有趣,「她借我撐傘。」

這樣就算「人很好」?那之前的種種欺凌又算什麼?這傢伙的標準也太低了吧!

「你啊……眞不知道該說你樂天知命,還是天生的被虐狂。」

見她嘆氣,他只是「嘿嘿」笑兩聲,轉頭去看花圃中即將盛開的水藍色繡球花,綴著未乾的雨珠,他說,那很像昨天的瑪雅。

鈴鈴無法理解,在瞇瞇眼眼中瑪雅和花朵是怎麼相連起來的,可是一聽到他並沒有與她同仇敵慨,心裡有點失望。

瞇瞇眼對著花圃不小心出了神,片刻後才面向她,發現她沾了滿手的油膩,匆匆忙忙找出面紙,一股腦全塞到她手上。

「不好意思,害妳的手都弄髒,剩下的我自己來就可以了。」

鈴鈴握住那些白淨紙張，還留在原地，捨不得走開。真不可思議，待在他身邊，感覺很輕鬆，很舒服。

瞇瞇眼就像面紙一般柔軟潔白。

這個突發奇想讓鈴鈴不禁想回給他一個笑，一瞬間，眼角餘光瞥見瑪雅軍團正浩浩蕩蕩經過二樓走廊。

瑪雅看見她了！

就在瑪雅冷峻的視線稍稍下移的那一秒，她們四目交接！瑪雅那不容易猜透的清澄眼眸看了她和瞇瞇眼一下，啓步離開。

僅僅一秒鐘，便叫鈴鈴冒出一身冷汗，她有不祥的預感。

果不其然，一放學，瞇瞇眼先被一桶水潑得濕答答，然後被軍團拖到頂樓，他疑惑地輪流看看不安的鈴鈴，又看看瑪雅，上官婉兒和其他人用繩子把他雙手和欄杆綑綁在一起，他試著用力幾次，也無法掙脫開來。

瑪雅交叉雙臂，筆直站立，不發一語和他對視，上官婉兒等著她說點什麼狠話，不過瑪雅只是蹙起眉心。

在一旁的鈴鈴內心明白，瑪雅在生氣，而且非常生氣。

「鈴鈴。」

瑪雅忽然叫她名字，鈴鈴嚇一跳，急忙回神，「啊？」

「狠狠地……甩他兩巴掌。」

她愣住，張著嘴，遲遲不能動作，直到瑪雅傲慢無人的眼光落在她身上，她才支支吾吾，「為……為什麼？」

瑪雅又不看她了。「什麼時候需要我說明為什麼？」

鈴鈴怯生生抬起頭，和瞇瞇眼對望一眼……她沒辦法對他動手。

「鈴鈴，慢吞吞的在幹什麼？妳也想要和瞇瞇眼一樣嗎？」

面對上官婉兒凶巴巴的恐嚇，她舉步維艱地走到瞇瞇眼面前，他回望她的面容還是一樣溫柔美好，彷彿在對她說「沒關係的」。鈴鈴想，也許，她應該很有骨氣地和瞇瞇眼一起被綁在頂樓上才對。

這念頭才閃過，便聽見一聲響亮的巴掌聲！鈴鈴怔怔望著瞇瞇眼挨打的臉，眼淚都快流出來了。

「鈴鈴，沒聽清楚我說的話嗎？我說『狠狠地』。」

瑪雅的輕聲細語總奇妙存在著不可抗力的權威，一聽見她說的話，鈴鈴的手立刻揮出去，連續在瞇瞇眼左臉打了兩巴掌，接著忍不住痛哭失聲。

她恨瑪雅！她恨瑪雅！她早就曉得這份心情，卻仍像捨不得分手的情侶跟在瑪雅的身邊打轉，因此，鈴鈴更痛恨沒用的自己。

「可以了。」瑪雅帶頭轉身離開，經過鈴鈴身旁時，她以輕蔑的語氣丟下一句話，「所謂的朋友，不是想當的時候才當的喔！」

鈴鈴止住哭泣，瑪雅徹徹底底看透她這個人，對她的儒弱瞭若指掌，爲此，鈴鈴再次羞愧地掉下眼淚。

那天，濕透的瞇瞇眼被綁在頂樓吹風，直到放學時間，上官婉兒才心不甘情不願地上來幫他鬆綁，順便踹他一腳。

「滾啦！瑪雅正在校門口等你。」

當瞇瞇眼背著書包趕到校門口，瑪雅就像發洩完畢的小孩，恢復平靜，和他一同步行回去，只是這一趟路程比往常死寂，他們共撐一把傘，雨絲淅瀝瀝地在周圍拚命打破沉默。瞇瞇眼似乎稍微猜到什麼，忍了一會兒，終於鼓起勇氣發問。

「妳……是不是在生我的氣呢？」

瑪雅停下腳步，想了想，繼續往前走，「完全沒聽你說轉學的事。你認爲一聲不響地離開，就可以躲開我是嗎？」

「不是！我才沒那樣想！」他一下子激動，一下子失落，「我很討厭一直轉學，要離開好不容易才變熟的地方，每次都很捨不得，『要轉學』這種話也漸漸說不出口……哈！應該說，不想說吧！」

她若有所思，打量他強顏歡笑的側臉，問：「即使是過著被踩在腳底下的日子，這裡也有讓你捨不得的地方嗎？」

瞇瞇眼也面向她，他這一次的凝望異常專注，欲言又止，最後對著頭頂上的傘面打出一個噴嚏，才慢吞吞說：「有啊！」

瑪雅沒再接腔，那一刻，是她生平第一次感到後悔，後悔在頂樓對他所做的事。但她是瑪雅，絕不可能說出「對不起，我錯了」那種話，所以她抿緊唇角，不發一語。

又走了一陣，她主動停下來，環顧四周，瞇瞇眼跟著看一遭冷清的街景，不解。

「怎麼了？」

「那隻狗……這幾天都沒出現。」

「對耶！我去問問看。」

平常只要走到這附近，小黃一定跑到瑪雅跟前，舔舔她的手，撲到她身上跳一跳。賣米酒的王伯伯不在家，瞇瞇眼找鄰居問情況，才知道小黃已經失蹤好多天了。把小黃當作自己孩子的王伯伯這陣子經常關門不做生意，就是外出尋找小黃的蹤影。

王伯伯的妻兒好幾年前相繼過世，一路陪伴他的就是小黃，小黃是他的心頭肉。鄰居晃晃遠處，確認王伯伯還沒回來，壓低聲音感嘆，「其實有人在小黃失蹤那一天看到牠被賣狗肉的人載走，沒人敢跟王老伯說，我想，小黃應該是凶多吉少了。」

不願意死心的瞇瞇眼只要一有空便會到處亂晃，打聽小黃下落。瞇瞇眼很抱歉地向瑪雅告假，他沒辦法跟她一起回家，不過瑪雅卻這麼回答：「你想走哪條路回家，是你的自由。既然我答應過要和你一起回去，就會做到。」

就這樣，瑪雅拐彎抹角地開始和瞇瞇眼一起尋找小黃。日復一日，小黃依然沒有回來，王伯伯卻消瘦許多。

街坊鄰居看不下去，要瞇瞇眼幫忙勸王伯伯死心，再這麼下去，不僅生意不用做，連身子都會搞壞。

瞇瞇眼好為難，要對王伯伯說出小黃可能已經遭遇不測，他吞吞吐吐，根本說不出口，而王伯伯還拿著期待的眼神等他，以為他帶來什麼好消息。

「我看過一篇研究報導，動物不只有一個家，不管是狗還是貓，都會再找第二個落腳處，所以，說不定小黃是回到牠另一個家去了。」

提出如此專業看法的人，是瑪雅。瞇瞇眼還在發怔，一旁鄰居趕忙七嘴八舌地搭腔，誰家的狗幾年前也從高雄走回台北的老主人家去，誰家的貓每天都習慣到隔壁街的某戶人家要食物等等。

最後王伯伯想開了，他苦笑著自我安慰，「是啊！小黃大概是給別人收養了，那邊的食物比較好吃吧！」

看到這樣的王伯伯，讓每個人都心酸，同時也鬆口氣。瞇瞇眼送瑪雅回家的路上，好奇地求證，「妳真的看過那篇報導？」

她當他廢話，「當然沒有。實話也好，謊話也好，我只是受不了你一句話也不會好好說。」

「妳好厲害。」他好生佩服。

面向平日有小黃蹦蹦跳跳的路面，瑪雅悠悠然說道，「現實是殘酷的，所以才會有謊言的存在。只不過……謊言這種空虛的東西，久了，就會食之無味。」

「不過，這個世界上如果沒有痛苦的事，人們或許就不會知道什麼是幸福了。」

開口反駁她的瞇瞇眼驀然變得成熟穩重，脫去怯懦的氣質，在她訝異的眼底竟比印象中還要強大，強大而溫柔。

回家做完作業，瑪雅拿出從瞇瞇眼那裡搶來的隨身碟，戴上耳機，按下開關。

就這樣，在接近午夜十二點的寧靜晚上，她聽見好多聲音。有腳踏車叮鈴叮鈴的鈴聲，有遠處噴射機穿越雲層的尾音，還有遊樂園大家一起齊呼的尖叫。

乍聽之下，瞇瞇眼錄下的東西淨是些再普通不過的聲響，但瑪雅不由得聽得入迷，她甚至能說出現在潑街罵婦的人是賣菜的林太太，還有垃圾車有點走音的音樂肯定是出現在下午五點半的光景，哐嚐哐嚐鐵門拉下來的噪音，則是陳醫師準備關診所門去接小孩了。這些片段間雜小黃汪汪的狗叫，還有瞇瞇眼和誰聊得起勁的說話聲。

其他檔案則是陌生城市的陌生聲音，卻是他曾經駐留過的地方，瞇瞇眼以這種方式記錄他那一份份捨不得道別的心情。

瑪雅聽完所有的檔案，天也亮了，她望向窗口，有些不能適應來自地平線上的亮光而微微瞇起眼。又是新的一天，距離瞇瞇眼最後一次到校日還有兩天。

一早開始，瞇瞇眼便陸陸續續收到同學們的踐別禮，當中不乏受過他幫助的人，上官婉兒那群人還想不透那個窩囊廢竟會有這般好人緣。

而鈴鈴忽然不怕上官婉兒她們了，雖然對瑪雅還是有所畏懼，但這位女王今天特別安靜，她有自己的事要想，懶得有所行動。於是鈴鈴鼓起勇氣跑去找瞇瞇眼，爲上次那兩巴掌道歉，他大方笑著說那沒什麼，還說他在其他學校遇過更慘烈的。即使他沒放在心上，只要一想到他在這所學校幾乎沒一天好日子過，她便替他難過。

「不會啦！我還是認識不少人，遇過很多好玩的事。」他純眞地笑，雙眼又彎成月亮，隨後些許遺憾：「可惜，那隨身碟八成拿不回來了。」

「瑪雅還是不買帳嗎？」

「嗯，我本來想，帶她走每天我會經過的地方，試著讓她看看我覺得很棒的事物，也許會那麼剛好讓她笑一笑，不過……」

他聳聳肩，對她表示無奈投降。

只能說，美人如瑪雅，總是冰山。和瞇瞇眼一起回家的日子剩下兩天，她仍舊面無表情，瞇瞇眼莫名有些著急，眼看離別的時刻在即，明明想說點什麼，反倒沒辦法好好講話，一路上他也沉默著。

來到這條他們一起走了八十幾遍的街道，一切都是老樣子，這裡的人們和他們所做的事拷貝般地在重複。突然一道聲響打破這凝結狀態！大部分的人都在同一時間抬頭看，枯坐在店裡的王伯伯更是從椅子上跳起，衝到馬路上！

「啊！」

瞇瞇叫了一聲，大家的視線盡頭，跑進小黃活蹦亂跳的身影。牠汪汪叫了兩聲，便用力撲向王伯伯，王伯伯早就激動地跪在地上，說不出話來。

瑪雅原地站住，圓睜雙眼，她和其他人一樣對於小黃的歸來感到意外。鄰居們紛紛將又抱又親的王伯伯和小黃圍住，慶幸小黃平安無事以及王伯伯的失而復得。

瞇瞇眼開心轉向瑪雅大喊：「小黃回來了耶！」

然後他興沖沖跑去，加入大家的行列，拚命撫摸小黃的頭。小黃發現圈子外的瑪雅，掙脫眾人的手來到她跟前，繞著她轉一圈又回到王伯伯身邊。小黃身體髒兮兮的，明顯削瘦，看得出來在外面流浪吃了不少苦，然而，幸好牠並不是被賣狗肉帶走的那隻狗。

瑪雅低頭瞧瞧剛剛被小黃身上的毛所搔過的手背，有一道感觸，觸電般地竄進心底。

王伯伯哽咽，老淚縱橫，「你到底是跑到哪裡去了？到底是從多遠的地方走回來的呀？」

這小小的角落正歡天喜地，站在不遠處的瑪雅望著王伯伯和小黃，輕輕揚起嘴角，那一刻，她嚐到鹹鹹的味道。

瑪雅伸手按按臉頰，濕濕的，熱熱的，停止不了的。

＊

翌日，瞇瞇眼穿了便服來上學，他只上半天課就要回家整理行李，準備前往下一個城市。

今天他收到的禮物更加絡繹不絕，要離開教室的時候差點沒辦法全數搬走。

「老師，我忘記把卡片拿給他。」

瞇瞇眼離開不到五分鐘，瑪雅便舉手揚聲。老師叫她趕快追上去，她便在校門口攔住瞇瞇眼。

鈴鈴拄著下巴，從窗口遠遠觀看他們，他們兩人佇立在一灘灘雨後積水中間，晶亮水面浮現著他們面對面的倒影，這一幕雨後天晴的畫面讓鈴鈴感到一股心服口服的坦然。

如同瑪雅能夠在瞇瞇眼身上發現與眾不同的特質，想必瞇瞇眼一定也看見瑪雅不爲人知的可愛之處。

鈴鈴好像有點明白爲什麼瞇瞇眼會說她像朵花了。

「拿去。」

不是太客氣的口吻，卻叫瞇瞇眼感動萬分地收下全班寫給他的卡片，瑪雅接著遞出一只隨身碟，在他訝異得來不及開口之際，她柔聲宣告，「是我輸了。」

「咦？」瞇瞇眼一整個狀況外，想破頭也想不到勝負究竟是什麼時候分出來。

瑪雅向前走近一步，伸出手，將一張小小的紙貼在他那件藍色襯衫領口，他低頭，那是她小巧粉紅的姓名貼。

「不要忘了，你是我的枴杖，以後，隨傳隨到。」

瑪雅依然是那個高傲的瑪雅，只是今天的她特別溫柔亮麗，迎向初夏陽光的臉龐依稀閃爍著一道笑意。瞇瞇眼因此微微臉紅，傻呼呼地笑。

「是。」

一般而言，這應該會是個壞人受到教訓、改過向善的故事。不過，有的壞人就是天生走運，比如瑪雅，瞇瞇眼轉學之後的她，基本上並沒有太大改變，女王的地位屹立不搖，只是她對霸凌這件無聊事已經提不起興致，因爲有其他更重要的事，吸引了她大半注意力。

她偶爾會在放學後帶著零食去看王伯伯和小黃，偶爾和謎謎眼用E-MAIL通信。

當她收到謎謎眼寄來的照片，是謎謎眼和他在新學校交到的朋友合照，柔情似水的笑容便會像漣漪滑過她臉上。

照片中，謎謎眼身上的藍襯衫還貼著那張姓名貼呢！

至於正要開始學習勇敢的鈴鈴怎麼樣了？後來的她和瑪雅莫名其妙地要好起來，差不多是打從瑪雅毫無預警地問她「妳是不是喜歡謎謎眼」那時候開始的。一份惺惺相惜的心情使然，她們又和小時候一樣會聊聊彼此心事，於是，在鈴鈴看來，瑪雅其實也沒那麼可惡，除了她有時那唯我獨尊的傲氣態度之外。

「妳還不是和我一樣，沒種跟他告白？」有一次鈴鈴鼓足勇氣，回嗆瑪雅。

瑪雅瞄她一眼，掉頭繼續看手上的小說，和往常一樣從容優雅：「不，我說了。」

鈴鈴始終無法想像，那麼高高在上的瑪雅到底是怎麼告白的？直到現在，她也不能從瑪雅那邊追問出來。

不過，瑪雅的確說了，只要謎謎眼打開瑪雅還給他的隨身碟，複習他所錄下這座城市的聲音，就會聽見。

「你問過我有沒有喜歡的東西，我現在就可以回答你。我的枴杖，就是我喜歡的東西。」

—卡農，桂花香—

打從她出現在我生活的這三個月來，我終於知道她的名字。輕輕唸著，心底便滑現翩翩粉蝶飛過的驚喜。

能夠知道她的名字，我感到高興，她的名字真的和想像中一樣好聽，不過，還是先別那麼叫她好了，我們還不算認識，我只在格外思念她的時候，才低聲唸她的名字。

有個騎著摩托車的郵差先生，車子兩邊載滿信件，遠遠地騎過來了。

女孩不禁停下澆花的手，抬頭看看隔壁那扇緊閉的窗，枯萎的草藤爬附在它右上方的牆面。她再低頭探一下手錶時間，手中的澆花器還在傾斜的狀態，所以裡面半滿的水不停流灌出來，濺濕她特地挑選的米白洋裝。女孩趕緊移開手，拚命拍掉身上尚未浸透的水滴，身邊的桂花叢和她的洋裝一樣，已經吸了飽滿的水。她只好就著矮階坐下，將澆花器擱在一旁，無聊地撐起下巴，偶爾再望望那扇寂寞的窗。時間早已過了三點十五分，她輕輕用腳底板打著拍子，若有似無地哼起走音的卡農旋律，她想，再等等看好了。

*

五月十五日，星期六。

她今天回家的時間比平常要早了十分鐘，看起來心情不錯，走著走著，還會一個人微笑起來，她本來就是一個愛笑的女孩子。

第一次見到她，女孩正好和班上同學一起回家，一群人說說鬧鬧。一開始，我覺得她們的聲音很吵，原本打算動手關窗，她卻露出第一個笑容，我彷彿看見了海邊耀眼的太陽。

「明天一定是個好日子！」

我聽到她快樂地這麼說，於是，我也莫名有了期待「明天」的習慣。

我期待看見她在早上六點五十二分時，咬著夾蛋土司衝出家門趕上課；期待她下午五點四十五分從學校和朋友大聲聊天回家；期待她每個星期天洗球鞋，然後把它們晾曬在院子的矮階上；期待她在路邊很孩子氣地逗弄小可玩（小可是我們家養的約克夏）；期待她偶爾為院子的桂花樹澆水時會不小心發起呆來。

我不知道她的名字，問媽媽她也不曉得。媽媽這兩年什麼也不想管，她只在乎我的病，自從女孩一家搬進隔壁空屋，媽媽也不曾過去串門子。真可惜，我想她一定有一個好聽的名字。

女孩回家沒多久，換了便服又快步跑出來，手裡拿著羽毛球具，我不只一次見到她攜帶球具，大概是參加羽毛球的社團吧！也許是厲害的校隊也說不定。不過，我從沒看過她打球，她的臉頰有時會泛著淺淺的紅，很健康，很愛運動的樣子，肯定不少人都喜歡她吧！

她搬來不多久，就有同校的男生送她回家，女孩穿著潔白襯衫和格子裙的制服，頸下繫著一條同樣格子花色的小領帶。那天她只是微微地笑，卻是從未有過的美麗。

我有些傷心，並不是因爲她有男朋友了。我就住在她家隔壁，還沒跟她講過一句話，她轉學過來不到一個月，有人已經擁有她的笑容。

「你想要什麼?想吃點什麼嗎?」

媽媽不時過來關心我的需要，爲了不令她失望，我總說得出一兩樣雜誌或梅子汁之類的東西，其實那都不是我最想要的。

那個春天我病得特別重，整日躺在床上醒醒睡睡，後來，好像下雨了，氣溫下降，我反而比較清醒，想要起身關窗，沒想到女孩正待在她家外面的小院子，她是從外頭回來的，撐著一把透明雨傘，邊走邊哭。她的哭泣不是太激烈，模樣好可憐，走了幾步才會伸手擦抹臉上的眼淚，回到家又不進去。她在院子站好久，也哭了好久，雨，淅瀝瀝下著，天空似乎明瞭她現在非常地傷心。

她的傷心好像會傳染，看著看著，我心底的酸度增加許多。

我嘆了口氣，那一刻，自窗簾抽回的手，不小心碰倒桌上的音樂盒。

音樂盒倒在桌面上，蓋子打開了，卡農的和弦樂音歪歪斜斜地流出來。

我錯愕地看著敞開的精緻盒子，彷彿望見兩年前沈同學閉了一下又睜開的眼睛，她輕輕問：「你喜歡卡農嗎？」

沈同學的眼眸跟空無一物的音樂盒不一樣，她的深瞳飽含清水，猶如海洋埋藏了無數沉沒的寶藏，兩年前的那天，我第一次學會閱讀她多情的眼神。

「喜歡啊！」我一直注視她瞳孔最深處的黑，就要沉淪下去。

她又把頭壓低，對著手中捧握的音樂盒沉默一會兒，淡淡問了一遍，「眞的……喜歡嗎？」

不知怎的，那天她的嗓音聽起來格外憂傷。

我別過頭，強迫自己從乍現的回憶掙脫出來。樓下女孩一下子就聽見樂聲，困惑地張望，一開始分不清音樂從哪裡傳出來的，後來她抬起頭，看見我的窗口，看見了我。

我的心跳在刹那間倉皇地靜止了。

醫生說，我虛弱的心臟隨時都有可能停止，不再跳動，沒人能預言這顆心臟哪一天會罷工不幹。然而，在我無法呼吸的瞬息，心底卻意外地舒服。她和我四目交接了幾秒鐘，可能因爲被其他人逮到她掉眼淚而不好意思，所以垂下頭，用兩根手指將滑溜的髮絲撥到耳後，用力吸著發紅的鼻子，找出家門鑰匙，走進屋子。

我悵然若失地倚靠簾幕，女孩已不見蹤影，但遺留在她身後的桂花叢依然在雨中兀自芬芳，我聞到堅韌樸實的香味溫柔裏覆一種快要被遺忘的感覺。

將音樂盒扶好，把鋪附一層灰塵的盒蓋再度揭起，聆聽它叮叮噹噹的音樂，旋律反覆著，盒子開了，回憶跑出來了，香氣，甜甜的。

「眞的……喜歡嗎？」

＊

五月二十九日，星期六。

那個雨天起，沒再見過有男生送女孩回家了，有時她一個人，有時和好多同學走在一起，隔壁屋子時常傳來吵吵鬧鬧的談笑聲，她的人緣果然不錯。

上上個星期她經過樓下，手裡拿著一串花枝丸，大概是路上買的，女孩吃得津津有味，看起來很好吃。

我不怎麼記得花枝丸的味道，醫生在兩年前就規定了我的飲食，許多美味的食物自我的菜單中刪除，我想起小時候一些鍾愛的玩具，五彩的玻璃彈珠、卡通超人的卡片，時間久了，有一天才發現它們已經不知不覺憑空消失，玩具就像會出走一般。儘管如此，我還記得自己很喜歡那些炸得酥酥脆脆的香味，和拿到新玩具的喜悅。

女孩吃著吃著，她的視角忽然瞥見我，「啊」了好大一聲。她嚇一跳，我也被她嚇到。她一手把花枝丸藏到背後，稍微別過頭，迅速拍掉嘴角沾上的黑胡椒。她的臉一下子漲得好紅，我跟著慌張起來，她用不著難爲情的，我只是覺得她吃東西的模樣很可愛。但，女孩加快速度跑回她家，那天都沒再出門過。

我眞後悔，我是不是應該安分地佯裝不在意她？

到了星期六，我落寞地聽著音樂盒的卡農。

「來，喝點桑椹汁，這是隔壁給的。」媽媽端著一壺顏色很深的紫紅色果汁進來，仔細倒出三百C. C.，我沒敢立刻接下。

「隔壁？」

「對呀！剛剛出去倒垃圾遇到隔壁太太，她說家裡做多了，分一些給我，你喝喝看。」她說著，自己也斟了一小杯淺嚐，「說是她女兒做的，嗯……還不錯呢！」

她女兒？我馬上聯想到那位女孩，反而更不願動口了，深怕打斷媽媽聊天的興致。

「那個女孩子好像很活潑，長得挺標緻的，她媽媽很擔心她會亂交男朋友，也對，這個年紀還是念書比較重要，幸好她看起來很乖巧，喔！聽說她叫筱儀。」

打從她出現在我的生活這三個月來，我終於知道她的名字，筱儀，輕輕唸著，心底便滑現翩翩粉蝶飛過的驚喜。

能夠知道她的名字，我感到高興，她的名字眞的和想像中一樣好聽，不過，還是先別那麼叫她好了，我們並不認識。我只在格外思念她的時候，才會低聲唸她的名字，筱儀，筱儀。

「嗨！我叫沈恬，死黨都叫我阿恬。」

國一在男女合班的班級，沈同學被分配到我隔壁的座位，那時的男學生滿腔是討厭女生的叛逆，她是個文靜大方的女生，我卻看也沒看她一眼。

「沈同學。」

「你可以叫我阿恬沒關係。」

「……沈同學。」

今天天氣眞好，提早有了夏天的味道，我打開窗，在濕熱的微風中尋找單薄的蟬鳴，不意，竟找到了她。女孩走路時也不讓自己閒著，上回在吃花枝丸，這回在讀一本厚厚的書，邊走邊看。爲了不重蹈覆轍，我讓自己藏身在柚木色的緹花布窗簾後，她應該看不到我，我卻望得見她手中的書是一本《古典音樂介紹》。怎麼她對古典音樂有興趣嗎？

她愈接近，我的音樂盒聲音就愈清楚，稍後，女孩朝我這邊望過來，她也謹慎多了，頭沒動，只是轉著眼珠子，悄悄打量卡農響起的窗口，聽了一會兒，又低頭瞧瞧手中的書。那時，曲子遇到一個休止符，她恍然大悟的嘆息正好填補了空白，「原來是卡農啊……」

我有點訝異，我也做過相同的事，因爲喜歡，特地上網查詢這首曲子的資料。如果可以，我會對女孩說卡農其實不是曲名，是一種曲式，輪唱的意思，〈D大調卡農與吉格〉是那個數字低音時代的代表作喔！她認識帕海貝爾這個作曲家嗎？如果可以，我會和她說好多關於卡農的事。

後來，我還是喝了那杯桑椹汁，原本就算是一點點酸味的東西我也不喜歡，那杯桑椹汁酸甜的比例各佔一半，我喝光了，大概是它的味道和我的心情相似，我覺得特別好喝。

是喜歡的緣故。

＊

六月十二日，星期六。

我喜歡穿潔白的衣服，不是有潔癖的關係，也不一定一點花色都不行，白，並不添加累贅的色素，輕飄飄的，它的原料或許是天上雲朵吧！化作雨，落在地上，經過大自然的循環，有一天還是會回到天空去。

女孩也穿了一件雪白的洋裝，不完全是素面，右邊裙襬有三株幸運草在風中搖曳。坦白說，當我見到她時，怔了好一會兒，今天的女孩看起來清新而高雅，和我記憶中的她不太一樣。她站在她種的桂花樹旁，伸手探視發芽的嫩葉，那些桂花生命力好強，每天都有新葉冒出來，我覺得女孩的神情特別帶著一分慈悲的安詳。

後來，我們家小可從籬笆門下的破洞鑽出去，跑到女孩家院子。女孩發現小可又溜過來，馬上蹲下去和牠玩。她用雙手摸摸小可的頭，梳理牠灰棕色的毛。當小可興奮地跳到她身上時，她咯咯笑著，任牠親吻自己的臉頰。

小可原本是要送人的，爸媽說動物對我的身體不好，會有細菌、有跳蚤，我還對毛屑過敏，我做了交換條件才把小可留下來：我不能碰小可，小可也不能靠近我，我只好遠遠看著小可一天天地長大。

女孩似乎挺喜歡我們家小可，就算小可被關在籬笆門內，女孩經過時也會停下來多逗弄牠幾下。我很羨慕小可能夠這麼自由自在地接近她，並得到她的喜愛。

我常常故意把小可放出去，讓牠多找女孩玩，小可會把她活潑的笑容帶回來給我。

有一次我趁爸媽不在家，偷偷把小可抱進房間。小可身上有一股奇特的香味，聞起來像桂花。牠沾上隔壁人家的味道，會不會也留著女孩手指的觸感呢？我慢慢撫摸牠光亮的棕毛，彷彿握碰到女孩那看起來又細又柔軟的手，感覺暖暖的。小可撲到我肩膀，冷不防被牠親了一記，我摀著左邊臉頰，有點開心，有點難爲情，這算不算間接親吻？

「哈哈！你好皮喔！」女孩把安靜不下的小可放到地上，「你主人也是這個樣子嗎？」

說完，她朝窗口晃了一晃，不曉得有沒有看見我。剎那間，我自慚形穢起來，我是個怎樣的人，她可能要失望了，我只是個蒼白的，虛弱的，只能待在窗口陰影下的幽靈，幽靈沒有形體、沒有聲音，也不必有身分，在她眼底，我什麼都不是。

「去，」女孩催著小可回家時，輕聲對牠交代，「下次找你主人一起出來玩。」

小可蹦蹦跳跳地跑走，女孩就地站起，這才發現她的白洋裝上多了幾個小可的黑腳印。

「啊！怎麼這樣啦！」

她拚命拍幾下裙子，徒勞無功，又朝我的窗口望一遍。我覺得抱歉，不過她眼神並不含一絲埋怨，好像在納悶，又好像在等待。

真的很對不起，沒有把小可教好，小可只是喜歡妳，牠沒有惡意，妳的裙子還好嗎？

女孩轉身進了門，她沒聽見我的話，很多話我只放在心裡。

她偷騎父親摩托車時，我暗暗希望她平安無事。風大的日子，我想跟她說，妳的頭髮亂了喔。我找到一片卡農的合輯CD，會想著她會不會也想聽一聽。

原來只是說話，也需要莫大的勇氣。升國二那年的暑假，班上坐在附近的同學都被編為同一組，要去看一部入圍奧斯卡的外語片，然後合力完成一份報告。我不記得片名了，但還記得拿著電話筒時的心跳。

沈同學是我們那組唯一的女生，坐她隔壁的我，負責打電話約她出去看電影。我從沒主動約女孩子，覺得窩囊，掙扎很久，才撥出她家的電話號碼。

我根本沒注意到當時已經晚上十點多，接電話的是她媽媽，很詳細又很懷疑地問清楚我的身分，才把電話交給沈同學。

「喂？」

大概因為知道是我的關係，她的「喂」有點羞澀，我也是，我怕她媽媽正站在旁邊監聽，所以想要長話短說。

「喂，我們大家說好明天去看電影，十點半，在華納外面的廣場集合，妳可以來吧？」

我迅速地說完，立刻聽見自己快要從嘴巴蹦出來的心跳，沒想到電話那頭就這麼沒了聲音，整個地球只剩下心跳而已。我感到納悶，因爲不肯先開口，所以也倔強地緘默好久，我握著話筒的手漸漸汗濕。

「嘿！你知道嗎？這是第一次有男生約我看電影呢！」

三分鐘過後，話筒傳來她帶著笑意的聲音。沈同學和隔壁屋子的女孩不同，她不常笑，起碼不是在我面前，每每見到我，總是很不自在的模樣。然而，那天在電話中，我竟爲她看不見的笑容慌張失措了。

我掀開窗簾一角，接觸到外面透冷的空氣粒子，小可在樓下見到我，高興得猛搖尾巴，牠永遠也不會知道自己幹了什麼好事。今天是陰天，跟我一樣沉重，吹點風，只是想看看能不能把感傷的負擔吹走一些。

*

六月十九日，星期六。

這回感冒持續得特別久，這道帶來豪雨的鋒面也停留得特別久。

我的高燒升了又降，降了又升，非要跟陰雨的氣候僵持不下一樣。

今天凌晨下起一場大雷雨，我被吵醒，在黑暗中睜著眼，聆聽屋外沉穩又喧譁的滂礴聲音，連夜車輾過水窪的響聲都沒有，大雨掩蓋了一切，因此，夜很靜。

我幸運地在大家都熟睡的時候知道天空下了場非同小可的雨，感到莫名歡愉。

天愈亮，這場雨反而轉小了，到了下午，只剩零星的雨絲，斜斜飄著。

我見到白色小花鋪了滿地，女孩就蹲在清一色綠葉的桂花樹下，撐著上次那把透明雨傘，偶爾看看冷清的馬路，偶爾玩起盛滿小水珠的傘，偶爾習慣性地用兩根手指把頭髮撥到耳後。

我唯一一次見過沈同學的眼淚，和此刻的細雨相當類似。

課外活動要跳土風舞，彆扭死了，老師規定一定要男的女的穿插著，圍成一個圓，沈同學就站在我旁邊。我們一起看著對面不少男女同學紛紛在民歌響起時，彎身在地上尋找比較長的小草，或是不小心遺落的竹筷子，他們誰也不肯牽異性的手，我也是。我輕易在腳邊發現一株長得格外高挺的青草，拔下它，遞向沈同學。沈同學猶豫半晌，才伸手握住它的另一端，她的手勢特別溫柔，彷彿心疼小草夭折的生命。

啪！

廣播器的音樂還在繼續，我們之間的小草卻應聲斷成兩半，我和沈同學倒退一步，愣愣望著自己手中那半截草葉，操場上的大圓登時有了破口。然而，舞步還是要跳的，轉圈也不能停下，沈同學爲難地面向我，我固執瞪視操場不爭氣的草坪，決定不牽她的手自己跳下去。

「喂！你還眞有種耶！打死也不牽人家喔？她這次眞糗大了。」下課後，有個男同學跑過來褒獎我。我在走廊拐了彎，撞見沈同學一個人在洗手台那裡。

她用一種很慢很慢的速度，優雅地搓洗掌心和手背，幾乎出了神，自來水嘩啦啦的，我愣了愣，陽光跟著我放慢的腳步溜進來，爬上她墜落一滴淚的臉龐。沈同學依然望著自己的手，無聲地掉眼淚，她沒有馬上將它擦乾，只利用肩膀上的衣服在臉上揮抹一下，然後繼續沖水。

我感到自己做了什麼罪大惡極的事，只因看見她在心裡下起的一場滂沱大雨，明明那天午後風和日麗的。

「筱儀呀！妳在外面幹麼？小心感冒喔！」

這是隔壁伯母的叫喚，已經不是第一次的催促，所以女孩不怎麼耐煩地喊回去，「我知道啦！我等一下就進去！」

突然，她打了一個噴嚏，頭部快速揚高又低下，幸好沒察覺到樓上我那來不及隱藏的擔憂眼神。她開始摩擦單薄的手臂，嘴裡嘟噥「怎麼還不開始啊」。

女孩看起來不像在等人，爲什麼非要在這樣的雨天有所堅持？可惜我不巧地不是她什麼人，不能勸她快點進屋去，感冒眞的不好受。我只能在旁邊無奈地順手將音樂盒打開，它已經擦拭乾淨，就和沈同學送我的時候一樣新。下一秒微微抬高視線，觸見女孩原本擱在嘴邊呵氣的手指縫，淺淺地……漾起一抹羞怯的歡喜。我迷惑凝望，望著她的笑容竟變得如此深邃美麗，藏在她微濕的髮絲間。

女孩做了一次深呼吸，心滿意足，霍地起身，卻因爲腳麻而踉蹌一下，她在進門前這麼說，我這不是進來了？以後不用趕我嘛！以後。說不上來，聽起來像是一種約定。

會不會……會不會她其實等的是音樂盒裡的卡農？會不會她也跟我一樣習慣在這個時刻懷抱期待？

稍晚，媽媽到房間檢查我的體溫，三十七．一度，偏高，於是她又向我提起前幾天的建議，「醫生也覺得住院觀察一下無妨啊！住在單人病房，設備很齊全的，就跟在家裡一樣舒服，你爲什麼不肯呢？」

因爲那裡沒有這裡的窗口和桂花香。我沒有告訴她實話。

媽媽拿我沒轍後，叮囑我要再吃一包藥，她說這藥的副作用就是想睡覺，「睡一下沒關係，你本來就需要多休息。」

我在軟綿綿的枕頭上側著頭，靜靜看著歇了音的盒子，一個人不自禁地笑了。

我想，我今晚應該是睡不著的吧！

＊

七月十日，星期六。

我做了一個夢，那個夢其實是發生過的，只是又跟現實有點不一樣，夢的光線是西曬的柔橙色，鋪灑一片。

「哪！信差天使送信來了。」

國二冬天，沈同學三不五時就會送信給我，她愛稱自己是信差天使，專門替別班的好友傳情達意，信紙往往都摺成花俏的形狀，揮發著刺鼻的人工香水味。

我看了桌上信紙一眼，悶悶反問她，「妳不煩哪？」

「有時候。不過，受人之託，我不好意思拒絕啊！」

「那妳有沒有告訴過她，我覺得很煩？」

沈同學無辜地望了我片刻，她以爲我在生氣。「沒有，我不忍心。你眞的很煩？」

如果我眞的在生氣，也是氣她把別的女生的情書交給我，但我不對她抗議，深怕被她發現。

「我現在對這種事沒興趣。」

「眞的？你沒有喜歡的人嗎？」

當時沈同學往後一靠，坐在桌子上，一面問我，一面輕輕晃動雙腳。她這雙鞋子過大，在交叉擺動中鬆脫了下來。我沮喪地注視她認眞單純的神情，呼出寒冬裡的白霧，心想如果她不是信差天使，只做天使就好了。

音樂盒的機芯不大對勁的樣子，卡農變成分叉又走音的怪調子，我拿著它下樓，找出螺絲起子，小心翼翼將外箱拆下來，那時，媽媽回到家，我沒抬頭看她。

「你到樓下來做什麼？」她邊脫高跟鞋邊問。

「修理東西。」

「啊！妳不用脫鞋沒關係，反正我們家也該打掃了。」

她那句話並不是對我說的，因此我奇怪地抬起眼，見到隔壁女孩正俐落地脫掉布鞋，整齊擱放在玄關。

她的髮梢還掛著幾顆雨珠，襯衫是半透明的，所以媽媽趕緊拿毛巾和自己的外套給她，她靦腆道謝的時候曾經飛快瞟了我一眼。

「你知道這位是筱儀嘛！」媽媽把女孩帶到沙發這邊坐，開始介紹我們認識。「我剛回來，就看到她怎麼躲在桂花樹下。你看這女孩子多粗心，颱風天竟然還忘記帶家裡鑰匙。」

女孩嘿嘿地笑兩聲，繼續粗魯地擦拭頭髮，她看起來本來就不是細心多慮的人。

「這是我兒子，你們正好可以聊天，等妳家人回來之後再回去吧！」

「謝謝。」女孩又說了她進屋後第七次謝謝。

媽媽打開電視後，便進廚房準備果汁之類的東西了，我和她安靜又尷尬地看著新聞報導颱風在各地造成的災情，不多久，她注意到桌上解體的音樂盒。

「那是什麼？」

「音樂盒。」

我回答。大概是沒聽過我聲音的關係，女孩專心盯了我一兩秒後才點點頭，把焦點放回音樂盒的研究上。

「原來裡面是長這個樣子……」

「我剛剛在修理它。」我把外箱裝回去，將音樂盒恢復原貌，途中蓋子不小心打開，卡農叮叮噹噹竄了出來。

「這個音樂盒很漂亮，又是和弦，好特別，你一定很珍惜。」

除了每天的呼吸和收在這只音樂盒裡的回憶，我擁有的並不多，所以沒有什麼好失去的。

這是我們第一次交談，卻沒有想像中緊張，彷彿我們已經認識好久好久，而時間過得很慢。

「妳的……」我指指自己的頭部，「妳的頭髮上有東西。」

「咦？」她慌張地伸手摸索一會兒，取下兩三朵小白花，是他們家桂花樹留在她頭上的驚喜。「哈哈！我怎麼都沒發現？一定很像花痴。」

她的笑聲淘氣嘹亮，可以越過一個山頭又一個山頭，堅強的羽翼懷抱一路上所遇見的喜怒哀愁，肯定豐富圓滿。

「我才沒有喜歡的人。」

當我裝出一切以課業爲重的好學生姿態時，沈同學坐在桌上，對我良善微笑。

「是嗎？」

她的微笑像是定格在照片中的表情，顯得不太篤定，卻是十分漂亮的微笑。似乎和她一起合影的世界是如此美好，似乎還有話要說，她只是安詳地笑著。

後來，女孩只待半個小時就回家去了，她在玄關穿好鞋子，離開之際，又回過頭抿著笑，要跟我分享什麼很棒的祕密似的，「我最近喜歡上卡農了，好奇怪，它可以讓我想起不少快要忘記的情緒。」

她說得沒錯，原本一度被我刻意塵封的感覺，如今鮮明如昨，但，原因並不是卡農。

在昨夜，夢見自己說出直到現在也從未脫口的話，醒來我問了自己一個人人都有過的感慨，爲什麼當初不那麼做就好了？

夢裡，我回答沈同學的問題，並不猶豫。

「我喜歡的人是妳。」

*

七月三十一日，星期六。

他們說要送我到林口長庚，那裡醫界的權威不少。我沒有反對，我已經耽誤兩年多，是該為自己生命負責的時候了。

爸媽很低調，不希望附近鄰居為了我們的家務事議論紛紛，我知道手術的成功與否必定無可避免地成為茶餘飯後的話題。

行李整理得差不多時，媽媽過來問我還有沒有需要帶的。

老實說，我不知道我可以帶走什麼。我關上音樂盒，把它放入行李袋中。

他們還在屋裡忙，我獨自走到屋外，迎面飛來一只白球，我伸手接住它。

「對不起。」

隔壁女孩滿臉歉疚地跑來，手裡拿著羽毛球拍，齊肩的短髮隨著跑步而蕩漾。她沒有流很多汗水，只是雙頰又暈開俏麗的緋紅，真的好可愛。

這時爸媽提著行李走出來，女孩看著他們把東西一一塞到車子後車廂，有些好奇，「你們要出遠門？」

「是啊！」台北離台中有三個半小時的車程，說近不近吧！

「喔！難怪最近沒看見小可，你們託人照顧啦？」

「牠在我姑丈家。」

「你們一定是出去旅行吧！眞好。」

她說著說著，開心地笑起來，好像要出遠門去玩的人是她。我笑而不語，她說得沒錯，有哪一個旅程是不帶風險的呢？醫生說，我的風險是百分之五十，眞是討厭的比例，不多不少，我的希望與失望剛剛好維持了一個水平。

「球還妳。」

我把羽毛球遞給她，女孩接下之際，信口問起，她不知道她的問題令我悽惶起來。

「你也打球嗎？」

「我以前常打籃球。」

我永遠也忘不了，籃球下劇烈的喘息與縱流的汗水，在我休克的前一秒，那些快感全轉爲徹骨的疼痛，狠狠悶住我的胸口，之後，我就不打球了。

上了車，坐在後座，爸爸穩穩地開動車子。我側過頭，眷著後玻璃這框框外的女孩，她還手拿羽球和球拍目送我們，送了一會兒，忽然把右手舉到臉頰的高度，用力揮了揮，原本又黑又大的眼睛瞇成一條線，她真是個愛笑的女孩子。

我扯扯嘴角，發現自己笑不出來，離別，本來就不是輕鬆的事。

國中畢業典禮前，聽到一些流言：畢業典禮當天我會向沈同學告白，不少人正拭目以待。我只告訴一兩個死黨我對沈同學的感覺，到底是誰加油添醋地幫我做出預告？還來不及查明眞相，畢業季就到了。

我站在沈同學斜後方三排的位置，師長致詞的那一個鐘頭，我一直盯著她看，偶爾看她專心聆聽的背影，偶然看她側頭和同學笑著耳語，我就是在那麼乏味無聊的時刻決定追她。

典禮後，學生和家長四散在校園中忙著照相，我找了半天才發現沈同學，她在一棵怒放的鳳凰樹下回身，從焦急到驚喜的神情，似乎也在找我一樣。

「你爸媽呢？」沈同學問。

「他們說等我大學畢業再來參加。」

「呵呵！我爸媽本來也這麼說，可是我硬要他們來。」她頓了頓，加上一句，「他們跟老師聊完，我們就會一起去吃飯。」

她這麼說，我便曉得我的時間有限，不能再閒扯不著邊際的話。我生平從未這般緊張，也沒遇過語塞的窘境。時間一分一秒地過去，我又決定賴皮，反正，升上高中後我們還會見面，我們都要在這間學校直升的。

「我要走了。」沈同學指指不遠處的父母，無奈地對我聳肩。

我聽了，活脫是個失意的孩子，卻也還懷抱期盼，脫口向她說：「下學期……下學期再見。」

「是啊！夏天很快就會過去，是不是？」自言自語地嘆息後，沈同學揚起手，就揮那麼一下，「我就不說再見了。」

我浮躁地注視她離去，開始後悔剛才怎麼就少了那一點勇氣，她要愈走愈遠了……驀然間，沈同學停住腳步，只是回頭，她的眼神難得透露出幾分調皮興味。「你知道嗎？我一直很期待今天會有好事發生，所以我本來想，不論誰說了什麼，我一定都會答應的。」

我眞傻！

畢業典禮後，發生了好多意想不到的「然後」，然後我去打了也許是這輩子最後一場籃球，然後我病了，然後從此和高中生涯無緣，更遑論什麼大學畢業。

車子後玻璃窗外的女孩已經成爲一個小黑點，她一個人輕快地用球拍彈著羽毛球，那顆小白球依舊十分清晰地上上下下，上上下下，世界彷彿還存有一點希望。

*

八月七日，星期六。

「不管誰在問，我都沒說，一堆人來探病，你反而不能好好休息，等手術完再說吧！」媽媽坐在床邊，幫我吃掉我嚥不下的醫院早餐。

明天是動手術的日子，病房很清靜。

「這樣很好啊！」我輕聲應和她，一邊望著外面修剪整齊的花圃，和花圃再過去一點的停車場。這裡果然沒有那個窗口的風景，我想念桂花樹和女孩。

「你想念班上同學嗎？」

當班上會來探望我的人只剩下沈同學一個，她感傷地問我。她好笨，我最想念的人就在我面前啊！

沈同學每次來，都會帶一些水果，有時候是蘋果，有時候是水梨。有一天，她忽然不帶水果了，她帶來一只精巧的音樂盒。

她在我面前把盒蓋打開，我於是聽見天籟般的音樂，這首曲子聽過的，只是叫不出名字。

「我很喜歡卡農，所以買了很多ＣＤ，有鋼琴演奏的，也有管弦，連吉他的都有，不過，我還是覺得這音樂盒裡的卡農最好聽。」她說話的時候，始終面對手上的音樂盒，一個人慢慢呢喃自己的心情故事，「也許，原本一件很美好的事物，就是要維持現狀，才能繼續去喜歡它，那麼就不要改變了，說再多也沒有意義，能把我最喜歡的音樂送給你，就夠了。」

我不懂她在說什麼，直到沈同學終於抬起她的眼睛，盛滿了我幾乎承受不了的情感，滿滿、滿滿的。

「你喜歡卡農嗎？」

這些年來所累積的時光點滴，化作數不清的沙粒，龐然地從巨大沙漏流瀉而下，壓得我的胸口一陣劇痛，如果她不在，我肯定會放聲大哭。

「喜歡啊！」我的聲音在發抖。

沈同學聽了，不很成功地抿起一縷故作堅強的笑意，她又把頭低下，就這麼安靜好久，我曉得她指的不是手中的音樂盒，當然也不是卡農。

「眞的……喜歡嗎？」

夏天果然很快就過去了，原本的國中同學一一升上高中，後來，沈同學也不再出現。

我不怪她，她的人生還很長，她要走下去，是我沒能跟上，我也有屬於自己的路，只是我們不再同行了。

「你願意動手術，我和爸爸都很高興。」媽媽把塑膠蓋蓋回紙碗上，抽出衛生紙擦拭嘴角，卻擦不掉上頭淺淺的紋痕。她欣慰地望住我，「我們都不要放棄一點希望，對不對？」

我微笑不語，主動握住她的手，那一刻，媽媽還是忍不住哭了。她臉上那些細細的皺紋更加明顯，我深深羨慕。年老，是許多漫長時間堆砌出來的，我也想看看自己臉上長出一堆鬍渣，想摸摸變斑白的頭髮，想知道透過老花眼鏡的眼睛會是怎樣的世界，我想……

我眞的想念桂花樹和女孩。

如果手術沒能成功，我想把音樂盒送給她，就像當初沈同學把她最喜愛的東西留給我那樣，而我還是那個棲宿於緹花布窗簾後的魂魄，不值得記憶。如果手術成功了，我會去找她，不知道她還記不記得音樂盒和卡農？但，請給我一次機會，我來，是為了喜歡一個女孩。

天空看起來要下雨了，雨後的桂花總是特別香，當時音樂盒裡不知怎麼會飄進兩片白色花瓣，我沒丟，現在那些碎花已經萎黃，只是閉起眼，彷彿就能嗅聞到既純粹又懷念的芬芳，然後，到底是卡農的旋律包圍了桂花，或是桂花香沁潤了卡農，都不再重要了。

＊

女孩其實注意他很久了，打從那一天，她在自家院子哭泣被抓包，就發現了卡農的悅耳和隔壁的鄰居男孩。

她對男孩知道的不多，只聽說他身體不太好，以前在學校既會念書又會運動。男孩有一張白皙清秀的面容，溫柔又含著淡淡憂傷的眼神，他輕輕的笑容很舒服。

女孩悄悄記錄著他的習慣：他常常穿著乾淨的白色衣裳，生活一定不邋遢。他愛從二樓窗戶出聲逗弄院子裡的小可，看起來善良體貼。他似乎也喜歡桂花，每回開窗總要側頭看看那些桂花好不好。他有一個奇妙的音樂盒，每個星期六的午後三點一刻就會把音樂盒打開，重複聽著卡農，永遠不嫌膩地一遍又一遍。

她暗暗提醒自己，下次再見到他，一定要記得和他多說一些話，還有，千萬不要一直傻呼呼地笑。

不過，自從他們一家出遠門後，已經兩個星期沒出現了。

有個綠衣郵差騎著摩托車朝這邊駛來，女孩不禁停下澆花的手，抬頭看看隔壁那扇緊閉的窗，枯萎的草藤爬附在它右上方的牆面。她再低頭探一下手錶時間，手中的澆花器還在傾斜的狀態，所以裡面半滿的水不停流灌出來，濺濕她特地挑選的米白洋裝。女孩趕緊移開手，拚命拍掉身上尚未浸透的水滴，身邊的桂花叢和她的洋裝一樣已經吸了飽滿的水。郵差果真在家門口停住，她讓正和鄰居聊天的媽媽簽收包裹，自己就著矮階坐下，將澆花器擱在一旁，無聊地撐起下巴。

「筱儀！包裹是給妳的，妳有朋友在林口啊？」

女孩暫時不想理睬媽媽的疑問，偶爾再望望那扇寂寞的窗，時間早已過了三點十五分，她輕輕用腳底板打著拍子，有一句沒一句地哼起走音的卡農旋律，她想，再等等看好了。

—寂寞物語—

未來的日子，必須拋下一段又一段的往事，頭也不回地離去。
因為要走的路很長，長得無法與人同行，無法背負太多回憶前進。
「那樣不是太悲傷了嗎？」
回憶裡卻有這麼一句話，始終在心底飄盪。

【第一篇　五月篇】

小左今天死了。

聽說是騎摩托車闖紅燈，車禍死的。

我在電影院門口接到通知電話時，完全哭不出來，難過不起來，因爲，太蠢了嘛！如果是地震或是土石流，那還說得過去，竟然自己闖紅燈才出車禍的，不管怎麼聽都是小左不對。

那天，手機顯示有語音留言，我沒心情聽。那天，原本預定要一起看的電影，考慮天還是放棄了。那天，我沒有去醫院，雖然他們說很乾淨，一點都不可怕，但是爲什麼一定要去看一個不會對我說「嗨！妳來啦」的人呢？

偶爾會有看到新聞或聽到消息的朋友打電話來確認，「喂？五月！聽說小左死了，到底是怎麼回事？」

我拿著手機，有點不知道該怎麼回答地沉默一會兒，「……嗯！死了。」

到底是怎麼回事，不就是新聞說的那麼一回事嗎？爲什麼還要問我？女朋友說的比較準嗎？

不過，隔天在便利商店買鮮奶時，我還是多買了一份報紙，然後坐在店外長椅，邊喝著冷藏鮮奶，邊翻找關於小左車禍的報導。

認識的人出現在報紙上，怪怪的。

小左的報導放在很不起眼的地方，小小的篇幅，看起來無關緊要的樣子。我讀著事情發生的經過，從鮮奶盒子上流下的水珠滴在報紙上，把小左的名字弄濕，糊成一個圈。明天之後，這篇報導的位子會放上別條新聞，再過些時候，大家就會漸漸淡忘車禍的事。

抬頭望望前方忙碌的車水馬龍，有個年輕媽媽推著推車，一度停下腳步，幫車內的小嬰兒蓋好薄被後，朝發呆的我看了一眼便繼續往前走。

小左的死並不會使地球停止轉動。

突然之間，我覺得小左有點可憐了。

我起身，將報紙和鮮奶空盒丟進垃圾筒，一個人散步回家，今天的路比平常遙遠一些，一度有好像永遠也走不到的錯覺。

「啊！五月！趕快來幫忙看看。」

家裡，媽原本以怪異的姿勢蹲在地上，見到我，拚命招手。我過去，ＤＶＤ播放器的線頭攤了一地。

「送到了嗎？」

「早上送到的，我想把它接到電視上，可是不知道哪條線要插哪個洞。」媽投降地站起來，感慨嘆氣，「傷腦筋，以前都是請小左幫忙的，男生果然比較懂這個啊！」

我有點不高興地瞪她一下，朝ＤＶＤ播放器走去，賭氣地研究起說明書，「只要照著說明書教的不就好了。」

結果，直到深夜十一點多，電視螢幕依舊沒有畫面，播放器的線頭仍然找不到正確插孔。我放棄，直接躺在夜闌人靜的客廳地板，磁磚的冰涼穿透背脊，滲進心臟，它也是冷的。沒有哭泣的我，終究是一個無情的人吧！

隨手抓起其中一條紅色電線，盯著看好久，自言自語起來，「小左，你不在，還是有人會感到困擾呢！」

並不是像船過水無痕地那樣過去喔！

我將紅電線的金屬線頭輕輕觸碰在額頭上，唸著小左的名字，試著想起一些關於他的片段。

今天晚上好安靜，靜得彷彿那場車禍不曾發生過，甚至小左這個人不曾存在過。

「喂？五月，妳真的不來嗎？妳確定？」

這已經是今天早上接到的第三通催促電話了。我開始感覺有點煩。翻找衣櫥的手從沒停下來過，手機被我不舒服地夾在顎下。

我慢吞吞回話，「嗯……不用特地去吧！又不是家人，還是親戚什麼的……」

「妳是他女朋友耶！難道喪禮不用來嗎？」

「可是，去了也不知道要幹麼……」

「起碼跟他好好道別吧！五月，妳太無情了！」

對方氣呼呼掛斷電話，她的責怪，我似乎沒有立場反駁，但，真的不想去嘛！喪禮中，僵硬的身體或細碎的骨灰都不是我們所認識的小左。道別的話，應該在他還聽得見的時候說才有意義。更何況，認真追究起來，小左也沒有好好地向我說再見啊！

梳好長長的捲髮，穿上有南洋風味的洋裝上衣和牛仔褲，我漫無目的在街上蹓躂。打工地方的老闆好心讓我休假，幾天都沒關係。

「真的不用啊！」

就算我這麼說，老闆還是堅持要我休息療傷，會不會太好笑了？我連傷口在哪裡都不曉得。

「啊！」站住，發現電影院高掛的看板，「那部片還沒下檔呀……」

反正已經決定不去喪禮，我一個人排隊，向櫃台買了一張票和一份爆米花，夾在雙雙對對中間的座位。

電影的特效和爆破場面很棒，劇情也非常緊張，全場大概只有我是麻木地抓拾爆米花一口接一口吃。

只有一個時候，我著實嚇到了。主角爲了追壞人，冒險穿越馬路，中途被煞車不及的車子撞飛出去！

「碰」！從喇叭傳出的重低音重重撞進心裡，我一震，白花花的爆米花掉滿地，像劇情中四散的玻璃碎片那樣。

旁邊情侶八成也被我嚇到了吧！我拚命告訴自己，應該趕快把爆米花撿起來，應該趕快……

儘管腦子那麼想，身體卻動也不能動。那一刻，我被吸入強力撞擊的瞬間，停在那裡，如同小左的人生也靜止在那場車禍，我和他的靈魂，停在那裡。

直到走出昏暗的電影院，接觸到夏日耀眼的陽光，還有點目眩，恍恍惚惚的。

散場人潮從身旁川流而過，有時會發生輕微碰撞。那些體溫和體溫的碰撞，讓我慢慢回到現實。

「聽……聽音樂好了。」

我將手機接上耳機，把耳塞放進耳朵，正準備搜尋mp3，不意發現有語音留言的顯示，這才想起好幾天以前的確有過一通留言，只是當時我不想聽。

「您有一通新留言……」

我啓步走，一面耐心等待語音的交代，一面把耳機的線拉直，然後，是小左的聲音。開玩笑般，竟然在這個時候聽見小左的聲音！

「喂？五月，是我。」

我睜大眼睛，屏住呼吸！站在紅磚道上，我好像又被用力拉回那個靜止的時間點，分不清是過去還是現在。

小左熟悉的聲音一如往常，帶著些許慌張和微微的喘氣聲，說著，「抱歉，我剛在幫我媽整理倉庫，現在才要出門。妳再等我一下，我會盡快趕到電影院，抱歉啊！妳不會生氣吧？」

是我們約好要一起看電影的那天，是小左去世的那一天。

「什麼嘛……」耳機傳來的語音詢問要不要重聽一次的制式語調，我喃喃抱怨，

「讓我等這麼久，當然會生氣啊……」

小左曾經活著，在我傻傻站在電影院外等他的時候，那個小左還活著，真真實實存在在這個世界上，笑過、猶豫過、憤怒過、說話過……

我緊緊閉上眼，從胸口猛然上湧的酸意直衝上喉頭，讓人無法承受，因此我蹲在大街上。

小左真的活過。

小左已經不在了。

我蹲在大街上，像是要歸還積欠了好幾天的份一樣，放聲大哭，活脫是個亟需宣洩的孩子，一次又一次地，放聲大哭。

小左已經不在了。

＊

【第二篇　開玩笑篇】

小左真的死了，不是開玩笑。

早上在打工的店門口清掃時遇到五月，她身上穿著一件很有春天氣息的洋裝正要去便利商店，裙襬輕飄飄的，洋裝上的花草生動得彷彿正要伸展開來。

「喂！五月！昨天的電影好看嗎？」

我揚聲向她打招呼，她停下腳步，露出奇怪的神情看著我，好像我問了一個她不知道該怎麼回答的問題。

「到底怎麼樣？不是和小左一起去看嗎？」

「不知道，後來沒去看。」

「爲什麼？他放妳鴿子嗎？」我戲謔地想損她。

五月想了一下，點頭，「因爲，小左死了。」

「啊？」那當下，我當她說了一個冷笑話，還因此興致勃勃回應，「那怎麼行？他還欠我一百五十元，叫他還錢之後再去死啦！」

五月依舊一副不知從何反應地安靜五秒鐘，然後「嗯」一聲，繼續往前走。

她今天怎麼特別遲鈍？

目送她長髮披肩的單薄背影，她身上的花草繼續隨風搖曳。我手上的水管還不停嘩啦啦地冒出水來，弄濕剛洗好的布鞋。我趕緊跳開，用手掌堵住水管，像堵住方才回不了神的心情一樣。

我從小就認識五月了，她有時會出現無厘頭的舉動，是個怪怪美少女。上大學後，我和小左同班，和他成爲無話不說的死黨，然後把他介紹給五月，他們很自然地成爲一對情侶，我們三個人還是經常一起吃飯聊天。

不少人都說，我和小左不論個性或興趣都很相像，起初我也這麼認爲。後來我發現他和我這大而化之的人還是有所不同，每當小左望著叢簇的櫻花，總會稍微變得沉靜感傷，我猜，他的心思還是比我纖細一點。

當天下午才從別人那裡知道，原來小左眞的死了，那一刻有點怪起五月，幹麼用那種漫不經心的態度回答我，害我以爲那只是開玩笑，還說了糟糕透頂的玩笑話，結果因此鬱悶好幾天。

小左和我常去打籃球，如今在激烈的球場上，偶爾拿到球回頭，在一張張流著汗水的臉孔中，驀然間有找不到人的怔忡。

有些朋友對於五月的冷漠表現不以爲然，他們認爲身爲女朋友的她應該要大哭特哭、要食不下嚥，起碼也要去參加喪禮才對。不過五月都沒有如他們所預期的那麼做，她照著平常的步調生活，然而我懂她的，她只是反應不過來而已。

喪禮那天傍晚，我從機車行店門口發現五月正站在外面街道，雙手插在牛仔褲袋，悲傷望著我。

我向老闆說一聲便跑出去，五月的眼眶紅紅的。

「眼睛怎麼了？」

「剛剛哭了，本來以為不會哭的。」

「……是嗎？」

「嗯！哭得連呼吸都沒辦法，以為我會死掉呢！」

「……」

「喪禮，怎麼樣？你去了吧？」

「很順利呀！」

她沉默片刻，噗嗤笑一下，「好奇怪，喪禮哪有什麼順不順利的。」

「說得也是。」

我跟著淺淺一笑，五月笑彎的眼角卻逐漸濕潤起來，她盯著黏了一坨口香糖的地面，喃喃嘟噥，「怎麼辦？沒有好好跟小左道別呢！」

「他會了解的。」

「騙人，小左才不是那麼善解人意的人，他只是一個樂天知命的笨蛋。」

「哈哈！形容得眞好耶！那個人的確樂觀到都要懷疑他是不是笨蛋一個。」

聽我這麼一說，五月又呵呵笑了幾聲，靜止下來之後，她仰起頭，朝天空深深吸氣，然後就一直凝視橙紅的晚霞。落日餘暉將她側臉上的落寞映照得分外鮮明，就像是從圖畫書剪下她的身影再貼到這片橙色天空一樣。

「好像誰開了一個玩笑。我們明明可以談著他的事，好像這個人還在。可是，他偏偏死了。」

五月感傷地吐出那番話，雖然無言以對，不過我明白她的意思，若無其事談論著小左，胸口會隱隱作痛。

然而五月卻忽然想到什麼似地眼睛一亮！她決定把這個玩笑弄假成眞。

五月開始玩起只有我跟她才知道的遊戲。

她當小左還活著。

不論我們做什麼事，她都多算了小左一份。

看電影時，她會買張票給小左。吃飯的時候，她幫小左多準備一份碗筷，聊天時，她會這麼接腔，「好，那我明天跟小左說。」

五月總是說「明天」、「以後」，把不存在的小左寄放在未來，那麼，謊言就永遠不會被戳破。

當然，五月只在我面前這麼做，這是我們的祕密，是我們的默契，我們同樣都需要藉由善意的謊言來療傷止痛。

從此，小左彷彿還活著。

五月慢慢從這玩笑中恢復以往鬼靈精怪的笑容，某方面我放心多了，覺得對過世的好友有了交代。

由於加入這個遊戲的同伴只有我，所以五月來找我的次數變得頻繁，頻繁到有部分共同的朋友懷疑我們是不是在交往，頻繁到就算我靜靜凝望她絮叨的臉龐，一種管不住的心情，又回到那天從水管汩汩冒出的自來水一般，透明地、綿密地泉湧。

直到看著五月微笑的眼睛，是一種痛苦。

她雖然看著我，卻是定焦在我們身邊的空位，對它講話，對它開心微笑，她的心思並不放在這個世界。

她其實沒有看著我。

「嗨！」

爽朗的招呼聲。我回頭，五月正亭然佇立在我身後，新奇地打量我正在做的事。

「是妳啊！」她有時會突擊式地來找我，我習以爲常了，轉身繼續扳動扳手。

「我剛剛買到那家很難排的蛋糕，分你吃。」

「先放旁邊，我的手現在很髒。」

我喜歡機車，所以在機車行打工，雙手經常沾滿污黑的油漬。

五月將整個紙袋擱在一旁椅子，蹲到我身邊探究竟。我使盡吃奶的力氣，也沒辦法把一顆大螺絲鬆開，她於是丟出一句廢話。

「好像要很用力。」

「是很用力也辦不到……喔！不行！」

我鬆開手，跌坐在地。她竟然逮到機會，上前握住扳手，勢在必得的模樣。「換我，我的力氣比一般女生大。」

我等著看好戲，看五月臉紅脖子粗地使力三次，也無法將螺絲轉動分毫。

「死心吧！螺絲生鏽得很嚴重……嗚喔！」

正說著，五月的手滑出去，她整個人往後彈過來，直接撞到我身上。

我趕緊出手撐住地面，低頭看她，她也抬起眼，心有餘悸和我對望。

是我先意識到她就在靠在我胸口上的距離，頓時緊張到不知道該說什麼才好，要推開她也不是，跳開也不是。五月掙扎著坐起身，審視又紅又痛的雙手，似乎一點也不在意方才的碰觸。

「沒道理啊！我明明覺得它就快要鬆開了。」

「就跟妳說生鏽了，幹麼要逞強？」我只能用損她的方式來掩飾自己的慌張。

五月果然不服氣，側頭示威，提起八百年以前的事，「我們兩個力氣差不多大，你幹麼那麼神氣？」

五、六歲的時候的確是差不多大，但現在早已不同了。在五月眼底，難道我還是那個乳臭未乾的小鬼頭嗎？

在她心裡，我的分量是不是少得可憐？

五月見我沉著臉不吭氣，以爲我在思索下一步該怎麼反擊，她先拉起我一隻手，將自己的手貼在我髒兮兮的手掌上。

「你看，你的手並沒有比我的大多少……」

「不要跟我比。」我打斷她的話，依舊沒有正視她，「我是男生。」

下一秒，五月怔住了。我們相處時，她很少會因爲我而出現反應不及的狀況，五月一向比我靈敏。不過，此刻她不自在地收回手，攢了攢，要攢掉殘留在上面的男性觸感般。最後，她快速站起來，從我身後掠過。

「我先回去了。」

這一次，我沒有眷戀她離去的背影，對著徒勞無功的扳手發呆一陣子，掉頭看椅子上的紙袋，五月把全部的蛋糕都留下來了。

當天晚上，我等著她打電話來向我要蛋糕，可是電話很安靜。隔天，又等她上門來抱怨我是不是吃光她辛苦排到的蛋糕，可是她也沒出現。

我沒料到這次的困窘氣氛效應這麼大，她很明顯在躲避我。這也好，我需要空間來沉澱自己不平衡的情緒，大男生還這麼愛計較，很丟臉的。

有一次，五月病得特別重，聽說在床上躺了好些日子。偏偏店裡格外忙碌，老闆說什麼都不讓我請假，學校報告也卡得急。我沒日沒夜操了好幾天，終於能夠騰出空檔去看她，她卻拉上棉被，背對我，一句話也不吭。

「五月？妳在生氣嗎？」

「不知道，只是……」

「只是？」

「平常一定會第一個趕來看我的人，好幾天都沒有來……其實我們事先沒約好，我也不用一直等，可是就……」

她委屈的聲音愈變愈小，最後藏在被窩不見了。我愣愣注視她消瘦一些的背影，有點意外，有點高興，活脫是結巴的笨蛋。

「對、對了！我帶了妳最喜歡的烤地瓜，妳看！」

一聽見地瓜，她馬上翻身坐起，滿懷興奮等我把袋子打開。充滿香味的蒸汽一冒出來，五月再也忍不住，跳到桌子跟前，一把抓起熱呼呼的地瓜，很幸福地閉上雙眼。

「哇……好像又活過來了。」

她的誇張反應莫名讓我有一種得到回報的感覺，是很棒的回報。

「快吃吧！涼了就不好吃了。」

「嗯！你也來一個，小左也一個。」

我霍然打住正要伸向紙袋的手，見她孩子氣地將一顆地瓜擺在無人的桌子上，然後我聽見一道不像自己的聲音，冷冷脫口而出，「那是我要買給妳吃的。」

「我知道啊！可是這麼多我吃不完，你和小左一起幫忙吃嘛！」

「這裡沒有這個人。」

我管控不住。五月的笑容立刻僵住，她面對那顆永遠也得不到青睞的地瓜，無措地失去言語。好久，才輕輕問：「你是說小左嗎？」

我痛苦地鎖起眉頭，天知道說出這句話的我並不好受。「小左已經死了，在這裡的，只有妳和我。」

於是五月她抿緊唇，望著我一會兒，掉下眼淚，接著緩緩伸手摀住臉。是我把她的美夢敲碎的。

我到底爲什麼要對她做出那麼殘忍的事？五月只是想用比較輕鬆的方法撫平傷痛，她一定早就接受小左過世的事實了，卻仍想再多懷念一點小左還在的時光，這些我都明白。

我就是受不了。

受不了她看不見我的存在。

「我跟一個不在的人較勁什麼呀……」蹲在空曠的籃球場外，昔日和小左在那裡廝殺的場景恍如昨日，不禁自嘲地笑。「如果你知道，一定會罵我無聊吧！」

不意，我見到五月從球場另一端走來，她是特地來找我的。我們又是好幾天沒有碰面，誰都沒先聯絡誰。

如今，原本躲避的距離忽然拉近，當下真有說不出的尷尬。

她看起來已經從重感冒康復，氣色不錯，什麼也不說地在我旁邊蹲下，學我巡視無人的球場，冷不防出聲。

「以後就沒人陪你打球了。」

「嗯！也沒人陪妳去看電影。」

「也沒人陪你一起看A片。」

「妳在胡說什麼？妳爲什麼會知道？」

「哈哈！」她不回答我的問題，逕自開朗地說下去，「說來說去，都是小左不好，竟然隨便就死掉了，害我們都不知道該怎麼辦。」

「……我倒是很想揍他兩拳。」這是眞心話。

「我要把他扁到在地上求饒。」我想她也是認眞的。

我和五月，一步步在和好。就在一起責怪死去的小左的時候，方才那份尷尬不知不覺地蒸發掉了，小左逐漸被我們留在過去。

「時間」就是這麼悄悄改變世界的一切。

等我們罵夠，五月一臉愜意，深呼吸又吐出，好像終於完成了某件事，或是，某件事終於告一段落。

她回到往常的俏皮，玩了一會兒指甲，漫不經心告訴我一件瑣事，「對了，剛剛我遇到佳子她們，她們說你最近看起來心情很不好，是不是因為被我甩了。」

我錯愕得瞠目結舌，還嚇出一身冷汗！

「為什麼她們說得好像你喜歡我一樣？」五月既困惑又覺得好笑地托起下巴，「是開玩笑的吧？」

五月渾圓的大眼睛水靈靈盯著我瞧，她不看別處，就是專心看著我，無辜而笑。她是真的看見我了，我在她眼底望見自己真實的倒影。

也許，五月早已隱隱察覺到我的心意。

儘管小左過世，他還需要漫長的時間被遺忘吧！連我都捨不得他輕易地被遺忘，更何況五月。

他在五月心裡，不是誰能取代誰的問題，我也不要他被取代。

我只能祈禱五月的心夠廣闊，也許有一天足夠容納另一個人的存在，也許會有那麼一天吧……。

我皺起眉頭，用手指關節朝她額頭敲一記，「廢話，當然是開玩笑啊！」

＊

【第三篇　永遠篇】

聽說小左那個孩子，在很久之前就死了。

多年後，再次回到這個小鎮，他的老鄰居說的。當年初識那位鄰居，他還是個嗓門很大的健壯男人，如今已經白髮蒼蒼。

我知道小左遲早會死，人類最後都會走到這個結局。

只是，我以爲至少還能夠看到臉上多出幾條粗糙細紋，有一雙滿是風霜眼神的小左。

沒想到他竟然在二十一歲的年紀就死去，對於這樣的結果，讓我頓時哭笑不得，「二十一」這個數字，簡直少得可笑。

我很少後悔的，「後悔」在長得不見盡頭的時間洪流裡失去意義。然而，小左，當初我是不是應該把你一起帶走才對啊？

把你帶走，或許你的人生就不會這麼早結束了。

沒有小左的小鎮，也不是我記憶中的模樣，不過我習慣了。每次回到曾經去過的老地方，總會發現有什麼新改變，那些改變往往是樓房愈蓋愈高、車子愈來愈多、人們走路的步伐愈來愈快。

歷史就是這麼演進，不管哪個世紀都一樣，世界只會為了人類生活的便利而改變。就我看了幾百年的經驗（到底是幾百年，連我自己都搞不清楚），這個世界似乎並沒有變得更好，更何況，再便利的生活還是難逃一死呀！人類總是做著困獸之鬥。

「喂！妳是哪間學校的學生吧？怎麼沒去上學呢？」那位老鄰居滿臉懷疑地問。

「今天是溫書假。」

我甜甜給他一個正當理由，他才放心，回我一個微笑說「那要加油喔」。

如果可以，我希望自己不是停留在學生的年紀，容易被問東問西，要是長得跟大人一樣就方便多了，至少三十歲。當小左聽到我的想法時，他卻十分煩惱的樣子。

「那我和妳走在一起，不就像姊弟嗎？這樣我會很傷腦筋耶！」

我抬頭瞧瞧身邊的小左，雖然擺出吊兒郎當的姿態，他轉向發亮的屋頂瓦片那張側臉，卻不小心浮上微微的紅暈。

因爲那道美麗的櫻花顏色，我才確實感受到春天的來到。紛落的櫻花向來令我煩亂，它提醒著季節的更迭。那天，莫名覺得其實櫻花也沒那麼討厭，並且決定在這個小鎮多逗留一些時候。

做出這決定，自己當然也很意外，我不想爲了誰而破例停留，經常從一個城市消失到另一個城市。同一個地方原則上是待三年，再久一點就會被別人發現了，如果一個人三年來的容貌完全沒有改變，不是很奇怪嗎？

小左會發現我的祕密，倒不是因爲這個緣故，而是一本舊得要命的畢業紀念冊。他國二那年爲了班上作業，特地去圖書館查詢學校歷年來的資料，然後在五十年前的一本紀念冊中看見我的相片，一張早已經發霉泛黃，受到歲月塵封的相片。

「妳們該不會是同一個人吧？照片和名字完全一樣。」

在一個櫻花不停飄落的下午，小左把別班的我叫出來，遞出畢業紀念冊，用他正値變聲期的難聽聲音質問我。

沒想到這個制服玩得髒兮兮的小鬼會發現！驚嚇之餘，我本來想隨便敷衍過去，但是一和他那對明亮、沒有雜質的眼睛遇上，忽然覺得，就算讓他知道也無所謂。

誰曉得小左非但不怕我，也不大驚小怪，反倒非常好奇興奮。那之後，不管我理不理他，或當他是少根筋的笨蛋，他三不五時便跑來找我，有時候閒聊亂扯，有時候請我吃他奶奶醃的梅子。

「妳……是人類嗎？」有一次我們蹺課坐在樹下，他十分認眞地探問。

「我當然是人類。」我給他睥睨的一眼，繼續拍掉百褶裙上的花瓣，「只是比你們高一等，生病了很快就會好，受傷了也會在短時間內康復，不會變老，不會死去。」

「那，有其他人跟妳一樣嗎？」

「有啊！雖然不多，不過還是有的。我們成長到某一個年紀就不會再變化了，有的人是維持五歲的模樣，有的人是四十歲，不一定，只是當我們走在路上，你們一定分辨不出來。」

他瞅住正得意含進梅子的我，用了不起的口吻頂嘴，「我就發現妳了。」

我反瞪他，不僅啞口無言，還湧起好奇怪的情緒，一方面惱怒自己的大意，另一方面卻因爲他發現了我，而感到慶幸安心。

我們兩個在梅子的香氣中安靜一陣子，小左又突然開口。

「喂！妳沒有和妳在一起的同伴嗎？」

我兩手撐在柔軟的草地上，伸直白皙細嫩的雙腿，一派無所謂，「沒有，不需要呀！如果只有五六十年的交情也就算了，不過……是『永遠』哪！永遠都有個同伴在身邊，永遠都聽著同一個人說話，永遠都看著同一張面孔，這樣，你不覺得很煩嗎？」

「……是有點噁心。」

他想了片刻才吐出那個形容詞，我不明白他爲什麼提起「噁心」，可是竟有那麼一點了解那句話的意思。

「我們也不能跟普通人長期打交道，會露餡的。」

「那我呢？我已經發現妳的祕密了。」

「就算是這樣，你也會慢慢變老，而我永遠都會是現在這個樣子。等你成爲一個中年的大叔，如果還跟我這種小女生來往，會被當成變態喔！」

我半開玩笑地回答，小左卻不領情，他用他稚氣未脫的黑色眼睛正經八百地注視我和棲息在我髮絲上的花瓣。

半晌，他伸出手將花瓣拿走，淡淡反問：「那樣不是太悲傷了嗎？」

我聽了，一時好生氣，這小鬼懂什麼？將來會老得再也走不動的人可是他喔！

後來，小左升上高中，我們變得更加要好，他對我與生俱來的冷淡傲慢無動於衷，而我覺得小左的樂觀性格令人舒服。

他喜歡問我許多事，特別是在過去年代我所經歷過的事，還有我到過哪些地方，小左都聽得津津有味，同時極度羨慕我這不同於凡人的體質。一天，又一天，時間過得特別快，我的故事幾乎都說完了，也吃掉小左的奶奶不少梅子，不知不覺，我在這個小鎮的時間已經超過三年。

第四個春天的某一天，我們在放學的路上穿過一陣又一陣的櫻花雨，並肩走著。有個國中時同班的女生載著她的朋友，從後方騎腳踏車過來，冷不防笑嘻嘻地揚聲說：「櫻子眞是娃娃臉，都沒變，皮膚好好喔！」

她還丟下「下次要介紹我保養品」那樣的話，我怔忡，愣在原地，驚覺到時間的緊迫！

太快樂了。大概是因爲如此，「再多留久一點也沒關係吧」這個念頭一直蒙蔽我的警覺性。

其他人的時間不斷地往前流逝，只有我是靜止的。

身旁的小左也停下來，心事重重，目送笑聲洋溢的女孩們離去，或許那一刻的小左也察覺到我在想什麼吧！

「怎麼了？」他還是多此一舉地問。

「沒什麼。」我笑一笑，佯裝輕快地轉向路邊攤，「啊！有賣鯛魚燒耶！我去買！」

就在我要啓步跑向店家的刹那，手腕倏地被抓住！

我納悶回頭，是小左用力地抓住我，那份力道害我的書包掉在地上，他的眼神……卻是前所未有的溫柔，溫柔而又憂傷地要求，「不要突然消失不見。」

「我只是要去買鯛魚燒」這種輕鬆的話，登時間我說不出口。小左眼底不言而喻的哀傷滲進我的胸口，酸酸的，好像他把一顆奶奶的梅子悄悄放在我心臟。

活了這麼漫長的歲月，遇過不少好事和不錯的人，後來學會一件事：緬懷那些時光是沒用的，因爲在未來的日子我還是得拋下一段又一段的回憶離開。我要走的路很長，長得沒辦法與人同行，無法背著太多回憶前進，執著於過去只會讓自己更痛苦而已。

太多太多的教訓，已經讓我學乖了。

我甩開他的手，一個急急忙忙的路人撞了我一把，當我跌進小左胸膛，聽見他轉爲成熟的男性嗓音在我髮間低語。

「如果不行，那把我變成跟妳一樣……」

小左的聲音中，沒有從前怪里怪氣的雜質，小左的身形經過一個冬天而急速拉高，有時候會有「不是我所認識的小左」的錯覺。再也不能叫他小鬼了。

小左一直在長大，跟我不一樣。

「一起走吧！」他說。

這一天，我聽見自己的心臟有了鮮活的節奏，應和著小左的，繽紛而急促，猶如這場紛紛亂亂的櫻花雨。

我希望粉紅色的雨停住，希望我們的心跳停住，希望現在的時光像畫一般，停住。要把小左變成跟我一樣，不是沒有方法，小左知道以後，很開心地跟我約定時間。凝望著他笑彎成橋的雙眼，我隱隱察覺到自己控制不住的想法。

我想把這孩子變成跟我一樣，要把他變得長生不老、把他變得孤單、把他變成「永遠」。

從此小左可以和我一起無止無盡地流浪，我要把他帶到天涯海角去。

「那樣不是太悲傷了嗎？」

在學校那棵大樹下，依稀聽見小左的聲音，無人的深夜裡，不停迴蕩著。

那聲音，像是櫻花輕輕掉落在草地上的聲響，就算我想忽略它的存在，但又深深明白它始終在心底蕩呀蕩。我靜靜聆聽，掩上了臉。

不是太悲傷了嗎？

離開小鎮那一天，並沒有讓小左知道。他在我們約定的大樹下等了多久、有多麼難過，那些我也不清楚。只是在搖晃的電車上，偶然會有某個預感而抬頭，看看充滿陽光的車廂。溫暖的光線，使我想起小左的手幫我摘下花瓣時拂過臉龐的觸感，那些記憶已經被西行的電車拋在很遠很遠的地方，細細微微的，宛若回暖的風碰撞車窗，擦過一下然後飛進天空裡了。

我到過很多地方，遇見新的人，幾年後又一一和這些人分離，沒人會記住我，我也不用掛念他們。

多年以後的某一天，驀然想起小左這個人，還是禁不起想知道他近況的念頭，而回到小鎮。

到達小鎮之前，我假想許多小左日後的際遇，他交了幾位女朋友，畢業後找到喜歡的工作，也許結婚生子，或許還能看見滿臉鬍渣的小左。

事實是，這些地步小左都沒有走到，他在二十一歲的年紀就過世了。

唯一猜中的，是他在大學時交了一位叫五月的女朋友。

小左的家人早就移民到國外，住過的房子改建成公寓大樓，我於是離開這個幾乎沒留下一丁點小左活過痕跡的小鎮，來到隔壁縣市。

在一個寧靜的住宅區找到那位叫五月的女人，雖然已經上年紀，不過仔細端詳，還是捕捉得到昔日天真姣好的風韻。她正拿著水管幫院子裡的花草澆水。

聽說五月後來嫁給她的青梅竹馬，同時也是小左大學時代的好友，現在過得很幸福。

嘿！小左，這些你都知道嗎？如果你知道了，會不會不甘心？會不會像我一樣，常常有被遺落在後的感覺呢？

小左，當初是不是應該把你一起帶走才對啊？

「啊！抱歉。」

後面響起刺耳的煞車聲！下一秒，我的手肘也被狠狠撞上，還被推擠到圍牆前。

「哇！真的很對不起……」

隨著不住的道歉，我抬起頭，迎上一張鮮明而清爽的面孔，瞬間，不自覺將記憶中的小左重疊在一起。

這個大男孩丟下腳踏車，趕緊離開我身上，我一面撫著手肘，一面茫然打量他。

「我的煞車壞了，真對不起，妳有沒有怎麼樣？」

他一開口說話，我才領悟到小左根本不可能在世界上的任何地方。

「沒關係，我站在路中央也不對。」

他看著我臉，聽著我的聲音，以爲我跟他是同年紀的孩子，靑澀的臉頰靦腆起來。

這時，院子內的五月聽見車子聲響，趕緊出來看，一發現原來是兒子，上前來關心。

「小左！怎麼了？」

小左？

那個叫小左的大男孩向母親解釋事情的經過，於是五月也跟著一起道歉。

「眞是對不起，腳踏車老早就怪怪的。這孩子，叫他修理又不聽，妳有沒有受傷？」

我還有點回不了神，只能訥訥搖頭，嘴裡不小心唸出小左的名字。

「小左……」

五月會錯意，噗嗤一笑，「啊！這是他的名字，很奇怪是不是？」

這個小左立刻抗議：「竟然說奇怪！這是妳取的名字耶！」

我擠出一抹禮貌的微笑，「因爲也有認識的人叫這個名字，所以……」

「是這樣嗎？」五月襯著魚尾紋的眼睛馬上閃爍青春光采。「好巧！我以前有個朋友也叫小左呢！因爲我和我老公都想念他，所以才把這孩子也取了和他一樣的名字。」

啊……原來是這樣。

「要不要進來坐坐？休息一下。」

我婉拒五月好意的邀約，在原地目送他們母子倆走向院子，帶上門之前，那個叫小左的大男孩還客氣地朝我頷首，然後紅著臉匆匆跑進去。

剛剛還很熱鬧的街道小巷，又剩下我一個人了。

安靜的社區，只有被風吹動的樹梢是動的，有時會沒來由沙啦沙啦地喧譁起來。

小左，原來你還活著啊！在那些想念你的人們心裡，好好地活著呢！

在你死去之前，一定過得精采豐富吧！讓周遭的人都這麼喜歡你，懷念著你。

那段短暫的年歲原來是如此幸福，沒有把你一起帶走，眞是太好了。

我低下頭，發現肩膀上不知什麼時候有片早落的櫻花瓣，一拿起那柔軟的顏色，許多瑰麗的回憶驀然膨脹開來！

那本大剌剌出現在我面前的畢業紀念冊、酸溜溜的梅子、和小左並肩走了千百回的放學小路……

他還在那裡，非常開朗地活著、笑著，在那片龐然無邊的櫻花雨中。

「一起走吧！」

我輕輕走了過去，一起消失在眩目而美麗的時光。

我想我永遠也不能懂，小左，回憶明明是那麼溫暖歡喜，滾燙的眼淚卻爲什麼會汩汩落下呢？

—就要十九歲—

我就在這裡，他看不到我；我望得見他，卻觸摸不著。

那個無能為力的時刻，我才真正意識到從前大大小小的抱怨根本不算什麼，現在，我感到龐然無邊的距離在我們之間蔓延、擴散。

過完十八歲生日的兩天後，我就死了。眞慘，這麼一來，我的生日和忌日只差兩天而已。不過，對於一個已經死去的人而言，生日也不是那麼重要了，我想再過不了多久，全世界只有我一個人會記得十月十六日應該要買蛋糕、吹蠟燭，還有，我是天秤座的。

阿旭從來不記得我的生日，他只記得球賽幾點幾分開始、什麼時候在哪裡集合，他甚至不會忘記教練交代他一天要練球幾次。我很生氣，所以十八歲生日那天就跟他吵架。

「你失約了！你是騙子！大騙子！」

八吋的香草蛋糕上還插著熔盡的蠟燭根，我把它狠狠丟在阿旭身上。

「對不起啦！小艾，我以後不會忘了，眞的。」

他沾了一身爛蛋糕還拚命道歉的模樣眞狼狽，可也激不起我半點同情。

我用早熟而冷漠的口氣回答他：「你以前會忘，今天會忘，以後也會忘的。」

「妳不要那麼說，我以後眞的不會了，不然……」

他詞窮地發現那些保證根本說服不了我和他自己，所以提出可笑的建議。

「不然我現在再去買蛋糕，還有兩個小時才十二點，趁妳生日還沒過，我們再慶祝一次，好不好？」

「喂！你眞的不懂？不是蛋糕的問題，也不是生日的問題，是你根本不在乎！我滿十九歲的時候你一定照樣重蹈覆轍！」

我氣壞了，三秒鐘過後，決定要無情嚇嚇他。我開始把事先準備好的拉砲、數位相機、牆上的彩帶一一塞進背包裡。

「你讓我覺得有沒有我這個女朋友都無所謂，你還是可以活得很好，那麼，當初你幹麼要追我？」

「小艾，妳別……」

「我們或遠或近，對你來說都沒差吧！我們不要再見面了，以後電話聯絡吧！」

我簡直酷到不行地拎起背包走出他的公寓大門，沒想到，這一次眞給我說中，兩天後，我們再也見不了面。

死因不是最常見的車禍。爲了徹底遠離那個豬頭，我和朋友去登山，帶了一堆畫具，畫畫讓我的藝術氣質提昇不少，跟阿旭談戀愛，到後來只會害我的ＥＱ直直落。

總之，事情的來龍去脈很簡單，我顧著丈量眼前的風景，沒注意腳下就快踩空，不一會兒，就這麼摔入六層樓高的斷崖下（如果責怪政府沒設警告標誌，是不是可以申請國賠啊）。

搜救人員在三個多小時內就找到我，可惜已經來不及了，我的身體變成我從未想像過的冰冷，手腳因爲多處骨折而呈現不自然的彎曲，不幸中的大幸是，費盡心思保養的臉蛋只有一點擦傷，看上去就跟睡著沒兩樣。

阿旭並沒有見到蒼白的我，那是另一件值得慶幸的事，爸媽並不知道我們在交往，所以沒有在第一時間通知他。我說過，我們從此再沒見面，阿旭來找我的時候，只能和石碑上的相片面對面，那張相片並不是我最喜歡，卻是阿旭在清境農場幫我拍的。他神情呆滯看著照片中的我，手拿一束垂頭喪氣的香水百合，瞧！他又記錯了，我喜歡的花是桔梗，瓣緣絢染著靛紫色的環漸漸往下變淡、變潔白，不是靛紫色的桔梗不行喔！我畫過好幾幅，他每次都記不住名字。

「桔梗，桔梗啦！你寫一百遍算了！」

「這名字好難喔！妳怎麼不去喜歡玫瑰、滿天星那種花？桔梗、桔梗……」

我不是眞的要他把花的名字背起來，我是喜歡看他努力討我開心的模樣，阿旭是打籃球的，本來就不適合與花爲伍。

他穿著鬆垮的球衣和中短褲眞是帥氣！每一個投球姿勢都能射進我心坎裡，高中那三年，我常常趴在二樓教室外的護欄看他打球，那時候只是單純地欣賞這個鄰家大男孩，從沒想過我們會交往超過兩年以上，就跟我從沒料到自己會摔死一樣。

「都是我不好……」

不期然，我聽到一種微弱的聲音飄了過來，阿旭的頭垂得更低，低到我看不見他表情，我靜靜站在不遠處望著他，良久，他舉起另一隻沒拿花的手，按住左半邊的臉，就這麼定格，然後，他的背部輕輕抽搐起來，十分痛苦的樣子。

上次見到這麼傷心的阿旭，是在一場重要的球賽，因爲他的失誤而以一分之差飲恨敗北，我沒敢接近，只覺得被他的難過傳染得厲害。然而，儘管再怎麼傷心，我的眼睛依舊乾涸，我想，沒有溫度的人是無法再使任何情感融化成水。

「不是阿旭的錯啊！」

我想這麼告訴他，可他當然聽不到我的聲音，聲音化成了風，掠過他前額，讓飄動的髮絲溫柔輕撫他濕潤的臉頰。

我就在這裡，他看不到我；我望得見他，卻觸摸不著。

那個無能爲力的時刻，我才眞正意識到，龐然無邊的距離在我們之間蔓延、擴散。

對於死亡的感受，我已經不怎麼有記憶了，我在意的是，明年的十九歲生日我會更孤伶伶，只能一個人像斷線的風箏在空中飄蕩，爲自己唱首一點都不快樂的生日快樂歌。

其實，我的存在並不完全被這個世界忽略，最近我發現乖乖似乎感應得到我。乖乖是我和阿旭一起養的米格魯，我住的學校宿舍不准養寵物，所以乖乖就住在阿旭那裡。

我來的時候，原本在打瞌睡的乖乖會突然睜開眼，動動牠黑亮的鼻頭，然後原地站起，緩緩搖起尾巴。阿旭見過牠這個樣子幾次，莫名其妙跟著環顧四周，蹲下身摸摸乖乖的頭，納悶地問：「你在看什麼？」

自從知道乖乖是我和這個世界唯一的薄弱聯繫，我便比較不把我那腐敗中的骨骸放在心上。我會輕飄飄來到牠跟前逗牠玩，乖乖沒辦法撲到我身上，只好猛搖尾巴。倒是阿旭仍然無精打采，他很少去球場，偶爾只在房間裡轉轉橘色籃球，而且，話更少了。

阿旭說：「都是因爲我把重心放在籃球，沒去注意小艾，她才會生我的氣，跑去山上，然後……總之，我不打球了。」

他自己編出一套不合理的邏輯，慢吞吞說給球隊經理聽，我不願意他這麼想，卻更討厭他向球隊經理訴苦。經理是個漂亮的女孩子，叫儀君。

「小艾如果知道，一定也不希望你這個樣子。」

雖然這句安慰的話很老套，但正道出我的心聲，我要阿旭記得我，也要他快樂地笑，贏得每一場球賽，儀君和我有相同的心情。

她挺男孩子氣的，留了一頭長髮，一到球場便會以熟練而飛快的速度將稍微鬆亂的長髮束成低矮馬尾。她的手指動作細膩而漂亮，很能跟隊員打成一片，就跟哥兒們一樣。不過，我還活著的時候就察覺到，儀君也喜歡阿旭。

結果，阿旭聽了儀君的話，我離世後的三個月便振作起來，速度之快讓我有些失望，我在這傢伙心裡還眞沒分量。倒是阿旭也沒喜歡上儀君，我看得出來，他會跟她說冷笑話和聊天，可情感淡得不足以將她放在心上，他發呆的時間變長，有時會若有所思地撫摸我送給他的黑色護腕套，一個人很孤僻，側臉寫著淺淺憂傷。寂寞的神情，我頭一次見到。我的背後並沒有長出天使般的翅膀，卻總是熱心飛到他身邊相依陪伴，有時候也跟他講講話（因爲他聽不見，所以也算自言自語）。

「我好無聊喔！阿旭，昨天去美術館看畫展，可是你不能陪我去，我看得不怎麼專心，因爲當我想找人說話的時候，不知道誰才聽得見我……」

話還沒說完，阿旭忽然穿越過我，走去廚房找礦泉水喝。我嚇一跳，那樣的動作令人毛骨悚然，最可怕的是，我還是感覺不到阿旭。

他很想念我，而我也很想念很想念他的時候，我會想像阿旭三十六點五度C的溫度，小心翼翼擁抱他的身體。然而對阿旭而言，竟是空氣中的一道涼意，他縮縮肩膀，拉上羊毛被，繼續他的贏球夢境。

大家都說，活著的狗強過死掉的獅子。就算是活著的螞蟻也遠遠勝過我，我連一絲絲的思念都無法搬運半吋哪！

我傷心欲絕，衝到屋頂上，可是我已經哭不出來了，只能蜷屈身子坐在圍牆，啜泣許久，直到黎明的萬丈曙光穿透我透明的影子。

＊

春天剛來臨時，阿旭帶著乖乖來看我，我的相片髒兮兮的，他細心擦拭乾淨，然後孩子氣地報告一串輝煌戰績，我聽了很爲他高興。眞奇怪，以前我根本不屑一顧，總是故意做出不耐煩的嘴臉，現在卻巴不得他知道我有多爲他感到驕傲。

回程的路上，阿旭在一間咖啡廳遇到儀君，儀君是那裡的工讀生，她一開始沒注意到阿旭進門。

「歡迎光臨。」

儀君正在吧檯洗杯子，稍後抬起頭，撞見他，好像很驚訝，然後露出會心一笑，彷彿說著「你來了」。

阿旭憨傻地頷首，揀個位子座下，猛然想起乖乖跟在身邊，不好意思地探問：「抱歉，這裡……是不是不能帶寵物進來？」

「今天例外，老闆不在。」

善解人意的儀君將那本Menu夾在左手下，靜靜微笑。我和阿旭都是第一次認真打量儀君，她面貌清秀，很懂事的氣質，身上裝扮都是清淡顏色，眼鏡的細框、襯衫、A字長裙、布鞋、馬尾上的髮飾，就連她隨時掛在臉上的笑容也是淺淺薄薄的。

「你去看小艾呀？」

「嗯！她以前老怪我不常陪她，最近大過年的，我去看她，她應該會覺得熱鬧一點。」

不多久，店裡客人只剩阿旭一個人，儀君便過來陪他聊天。阿旭跟她說了一堆關於我的事情，我不由得洋洋得意。

「小艾和我高中同班，高一我就很喜歡她了，快高三的時候才追到小艾。她脾氣好倔，說什麼都要跟我考上同一間大學，我是體保生，成績沒問題，可是小艾就比較辛苦，那一年她念書念得很拚命，結果放榜那天，我比小艾還高興，眞的好高興！」

我還記得，那個豔陽高照的大晴天，阿旭興奮過頭地大喊「萬歲」，然後驀然衝向我，把我高高舉起，他好高，把我舉得更高！我嚇得驚叫連連，猛搥他膀臂要他鬆手，他舉著我轉圈子，轉出眩目的幸福漣漪，轉哪轉，轉哪轉……

「你想她嗎？」

這個問題讓阿旭迅速抬頭看了儀君，又落寞望望腳邊的乖乖。

「我常常想起我們的最後一面，眞該死，我竟然惹她生氣。那天還是她生日，小艾很重視生日的，她說生日是爲夢想許願的日子，也是距離夢想更近一步的里程碑，小艾一直想到義大利開畫展。」

我有些驚訝，生前說過哪些話自己都快忘光了，沒想到阿旭記得的事超乎我想像的多。

「我見過她畫畫喔！」儀君像是要安慰阿旭般，回憶起我的事情來，「她在學校湖邊立起畫架，一面專心望著湖面，一面仔細下筆，身邊經過哪些人都不理，兩堂課下課後她還沒離開，那時候就覺得她是個很有主見、很有抱負的人。」

果然，阿旭笑了。後來他注意到每張桌面上都擺著撲克牌大小的盒子，裡面裝滿一疊色紙。

「啊！那是老闆想出來的噱頭。」儀君不予置評地解釋給他聽，「聽說一面想著對方，摺滿一千個星星，選一個晴朗的夜晚，把星星都燒了，當它們都回到天上去，你想說的話，對方一定聽得見。」

「這樣啊……」

他半信半疑地抽出一張色紙，左右端詳。觸見儀君正興味地盯著他微笑，立刻糗了回去，「那妳一定聽到很多客人的告白，對不對？」

她愣一下，垂下眼，用右手將比較短的頭髮撥到耳後，她的手勢和神情飽含不能言喻的柔情，她還有瑰紅的粉頰。

＊

就在窺見不同於球場上男孩子氣的儀君後，阿旭就常去光顧那間咖啡店，他們變得比以往要好，那不是沒道理，儀君鼓勵著阿旭，在課業和打籃球方面都為他打氣，而我感到異常焦慮。

下起雷陣雨的下午，儀君說忘記帶傘，阿旭特地等到她七點下班才一起離開，兩人在雨中的聊天意外愉快。送到家門口，儀君才對他坦白。

「今天，說我忘了帶傘，是騙你的。」

「啊？騙我？」

「今天是四月一日愚人節，我想……說點小謊應該可以被原諒才對。」她歉然望著他狀況外的臉。

「這倒無所謂，可是，妳幹麼要說謊？」

「我沒有不帶傘的權利。」

他對她說，她講話很玄，好像有什麼天機故意不讓他參透。

於是儀君又回答：「那是因爲我沒有足夠的勇氣。」

「呵！我還是不懂。」他決定一笑置之，「妳應該找個可以幫妳撐傘的男朋友，這樣就不必帶傘了。」

然後，阿旭不知道自己說錯了什麼，儀君還是靜靜注視他，卻是好哀傷的眼神，烏黑的瞳孔盈盈亮亮，盛滿過多的情感。

他有點懂了，慌張起來。儀君低下頭，掉下眼淚，一顆、兩顆、三顆，再也停不了的樣子，那傍晚她並沒有任何解釋。

他們眞像一對雨中的戀人，合演一場動人心弦的愛情戲碼。

我在雨幕的某一角，水的粒子滴落在我發疼的心臟，奇怪的是，我竟能覺得寒冷徹骨。對於一個無法用眼淚來發洩的人而言，許多痛苦的感受都是加倍的。

＊

輕風送暖的五月，阿旭的生日也到了，他滿十九歲，而我的十九歲註定遙遙無期。

阿旭生日那天剛好有球賽，他的球隊輸了，失分並不多，但阿旭心情也好不了，解散後還一個人在籃球場反覆投籃。傍晚，儀君手提一只可愛的紙袋來了，她把紙袋放在地上，走過去撿起滾動中的球，舉高手，瞄準，跳投！

球沒進，「吭」地碰到框架又彈開，而阿旭的心彷彿也被重重敲一記，他呆愣愣看著儀君溫柔而優雅地朝他微微笑。

「生日快樂。」

「什麼？」

「你忘了對不對？今天是你生日。」

儀君走回紙袋旁邊，蹲下去，從裡面拿出一個六吋的手工蛋糕，因爲它長得不很圓，奶油也塗得不均勻，所以看得出是手工做的。

但是，儀君非常用心，她在蛋糕上用橘子果醬做成一個籃球的形狀，阿旭持續發怔，我曉得他是因爲感動而回不了神。

「我做得不好，大部分還得靠我媽幫忙。」

儀君不好意思地吐吐舌頭，然後開始在蛋糕上插蠟燭。

「在籃球場上慶生，我想一定會很棒。」

那一刻！那一刻我不知怎的充滿慍怒，根本無法喘息。那原本應該是我要做的事！比阿旭還記得他的生日、爲他慶生、滿懷期待地插上相當於他歲數的蠟燭……那些都是我應該要做的！

「妳走開！」

我用力尖叫，奔上前打她，可是無形的手任憑再怎麼揮舞，都只是在她身邊可有可無的氣流而已。

我的憤怒中混雜著一種說不出的悲傷，形同空氣的我，有一天將會被阿旭還有大家遺忘。我還有很多事想做，還有很多話想說，阿旭如果知道我現在依然很愛很愛他，他一定不會喜歡上儀君的。

當阿旭凝視燭光爍耀的籃球蛋糕，安靜不說話時，我因爲害怕見到他滿懷欣喜地接受儀君好意而逃走了。

時間經過得愈久，爸媽走進我房間的次數也跟著減少，剛開始，他們會待在我維持原樣的房間好一會兒，像在我懷念我的存在，像在回憶我的生活。如今，爸媽頂多是經過我的房門前會刻意停下來瞧一瞧，然後就走過去了，彷彿我是他們不願再觸及的傷痛。

阿旭也是一樣，他把我的物品打包，包括那些我曾經在許多節日送給他的禮物，全都裝在一只紙箱子裡，「唰」地拉開透明膠帶，大掃除般，把所有關於我的、還來不及收拾的感情一股腦推進床底下，終有一天，灰塵會將它深深掩埋。

之後，阿旭開始摺星星，他的手掌本來就不小，將五顏六色的色紙壓摺成小星星時特別吃力。起初，完成的星星一點都不像星星，像皺巴巴的紙團，後來，在他耐心的指尖底下，愈來愈閃亮的星子被他一一收進透明罐子。當我看他完成第五百六十二顆紙星星的時候，一種哀莫大於心死的絕望，佔據了我整個空洞的身體。

我知道我的阿旭要摺一千個星星，他想向某個人告白。不用想，我也猜得到那個人就是儀君。

我在深夜的鐵軌上慢慢走，耳畔傳來月台上刺耳的響鈴，像極了那天那通電話的鈴聲。

「喂？阿旭？你回來啦？」

大一球隊集訓一個月，阿旭回到公寓時已經凌晨一點多，他打電話來報平安。

「我剛到家，妳還沒睡？」

「我說過要等你電話的啊！」

「喔……現在眞的好晚了呢……」

再來，我們都沒說話，心底明明清楚對方還有話要說，時間太晚，誰也沒敢坦白那股強烈的感受。互道晚安後，掛了電話，我坐在床上思索片刻，抓了外套便往外跑。

午夜的路口，另一端快跑的腳步聲隨著我的接近逐漸放慢，我愣愣望著眼前穿著球隊外套的阿旭，他也十分訝異我的出現。

「小艾……」

阿旭剛叫出我的名字，我立刻撲上去，差點把他撞倒在地。他倒退一步，頸子被我緊緊地圈攬住，阿旭身上熟悉的洗衣精味道竄進我體內，我老早便明白，那強烈的感受從他微微發抖的身體傳來，是思念，是思念啊……
「我想你……」藏在阿旭的外套裡，我低著聲音說。
是時間嗎？還是距離呢？有什麼可以阻止想見一個人的心情？如今我卻當頭棒喝，思念如果無法傳遞，不過是一條寂寞的單行道罷了。
轟隆隆的火車過去了，原本冷清的月台再度淨空，我獨自坐在生鏽的鐵製長椅發呆，很想掩面痛哭，卻沒有釋放淚水的溫度。
阿旭的時間不停不停地往前推進，我的時間已經靜止，如同冰凍的河流。因此，阿旭在遺忘我之後，還會遇到許多不同的女孩子，陷入一場場刻骨銘心的戀愛，而我卻要永遠一直愛著阿旭。
我存在於每一個阿旭和他親密愛人一同醒來的清晨，徘徊在阿旭未來生兒育女的歲月洪流，而我還是愛著阿旭。
我不要那樣。如果阿旭也跟我一起死掉就好了……
「早安。」
有好幾天沒聽見有人跟我說話了，所以一開始還弄不清楚狀況，當那個女孩子跳芭蕾舞般繞到我面前時，我才意識到剛剛聲音的主人原來是她。偶爾也會遇見那個世界的朋友。

女孩子大約十五歲，身穿淡粉色的睡袍，手拿一台舊型ＤＶ，臉蛋白皙清秀，挺文靜的。

「我叫安琪，妳也來搭火車嗎？」

「不是，我只是坐在這裡。」

「我等一下要去看我哥哥和新嫂嫂，他們今天結婚。」

她坐在我身邊等車子，說她生前就和萬般呵護她的哥哥相依爲命，哥哥送他一台ＤＶ，在她因爲血癌過世之前，安琪便用那台ＤＶ錄下她想對哥哥說的話。

「妳跟哥哥說了什麼？」我勉強擠出笑容和她聊天。

起先，安琪不好意思講，最後才小聲地一字一句唸出來。「如果，我的平安不能繼續，那麼，我只能將我所有的留給哥哥，那就是這十五年我當你妹妹的快樂。」

我聽了有好一陣子語塞，一方面是因爲這女孩成熟的思想，一方面則是我從未有過這樣慈悲爲懷的念頭，眞慚愧，我還一度希望阿旭也別活著。安琪聽到我可怕的想法後，不敢置信地睜大她瞳仁很黑的眼睛。

「因爲我們沒辦法繼續活下去，所以才應該把希望寄託在還活著的人身上啊！」

「什麼希望？」

我早就沒有談希望或夢想的資格了。

安琪將ＤＶ靠近自己的眼睛，拍起月台上形形色色的乘客，她的眼眸跟現在的我不同，是非常的清澈，接近透明，那片透明當中驛動著乾淨的亮光，透過這雙眼睛，她安靜凝視嘴裡所謂的「還活著的人」。

安琪說，帶著恬適的哀愁，「有一天，他們一定會往我們這裡來，我們卻不能再回到那裡去。」

她還講起有趣的比喻，既然已經從小學畢業，成為國中生，又何必再回去當小學生呢？

人間就像一齣結局未知的電影，身爲觀眾的我們，內心深處肯定會暗暗期待有個Happy Ending吧！悲傷會傳染，幸福也會傳染，只希望人間的幸福可以播散到天堂來。

然後，有一天，我們還會再見面。

「其實，我們離他們並不遠哪！只要妳聽聽他們心裡的話，就會知道了。」

安琪臨走前教我這個小祕訣。我目送她隨著人潮走上火車，驀然開口喚她，

「那妳和妳哥哥說過話嗎？」

她回頭，甜甜笑一笑，「說過啊！趁他們睡著的時候，在他們耳邊小聲地說，他們就會夢見我們了。」

自強號由慢漸快地開走，安琪那淡淡粉色的身影也隱沒在擁擠的車廂，愈來愈小。

＊

秋天來了，小葉欖仁的落葉鋪了公園滿地，我經過的時候雖然沒有沙沙聲響，卻帶起一縷平靜的情懷。

我平靜多了，倒是比較接近無所謂的自暴自棄，可我依舊會思索安琪的話，就在我幾乎要忘記阿旭摺一千顆紙星星這件事的時候，阿旭約儀君在她打工的那間咖啡廳見面。

「生日快樂。」

討厭，又是過生日的話題。

阿旭送出一隻有他一半高的泰迪熊，儀君簡直要當場落淚。

「你記得啊……」

深怕會驚動這場美夢，儀君緩緩收下來，很舒服地抱在懷裡。阿旭尷尬地搔搔後腦杓，毫不隱瞞：

「我是去問隊裡的人才知道的，幸好沒錯過。」

「謝謝，眞的謝謝……」

她還緊摟著那隻毛絨絨的布偶，笑得十分燦爛，大概是她眼角那少許淚光的關係吧！

阿旭臉上微笑的痕跡還在，只是莫名添了點無奈味道，會是秋天惹的禍嗎？

「妳不用謝我，其實，我只能給妳這麼多。」

儀君稍稍鬆開泰迪熊，抬頭看他，她的驚忡對上了阿旭深邃的憂愁，吧檯那裡的曼巴咖啡香更加濃郁，在壺裡呼嚕呼嚕地烹煮著。

「我很明白儀君妳的心意，也一直放在心上。只是，只是我始終認爲，如果我愛上其他女孩子，那麼……小艾眞的就不在了。」

他的視線沒有離開過儀君，懇切地說下去。

「我知道我這種想法很蠢，但是，我不想讓小艾就這麼消失不見，所以……我只能給妳這麼多，對不起。」

那一句「對不起」剛出口，儀君的眼淚眞的就快速滴淌下去！阿旭說他不能喜歡儀君的那天，我第一次深刻感覺到，阿旭是喜歡上儀君了。

因爲「喜歡」這兩個字無法從阿旭嘴裡說出來，阿旭才摺紙星星，或許有天儀君會懂得他的心意。

我的心情亂複雜的，就去找乖乖玩。

乖乖有一陣子沒見到我，現在尾巴搖得很賣力，不停繞著我轉，我蹲在阿旭房間，有些茫然，乖乖轉得我暈頭轉向。

「停啦！乖乖，你的主人如果和你一樣樂天就好了。」

我不經心冒出這句話，事後自己也嚇一跳，我在意的，似乎不再是阿旭還愛不愛我這類的問題，他今天的表情，差一點點就要害我心碎。

縱使我有多麼不願意從阿旭的生命中消失，我不禁要問自己，這樣懷念我的阿旭以後會悒鬱而終嗎？他悲慘地活著，對於死去的我而言到底有什麼意義？

「乖乖，我回來了。」

門打開，阿旭走了進來，乖乖只對他意思性地「汪」一聲，便馬上坐正，向著我繼續「嘿嘿」地吐氣。阿旭一邊脫外套，一邊奇怪地打量乖乖，我起身面對他那張不能再熟悉的臉龐，深愛的阿旭就在我眼前，我們之間天人永隔的鴻溝仍是那樣鮮明清晰，並有因爲他還牢記著我而縮小分毫。

阿旭不再罵乖乖「有病」，他鎖眉陷入沉思，沒來由抬頭四下尋覓，比平常都要來得專注、著急。他一一審視過角落沒疊被的床、擱了一本漫畫的電腦椅、晚霞連天的火紅窗口……

「小艾？」

我多希望我還活著在你身邊，阿旭。

＊

十月十六日的深秋，我十九歲的生日終於到了。

那種說法其實不正確，我是個沒有時間的魂魄，但是，如果能聽見有人興高采烈地對我說：「小艾，十九歲生日快樂」，我還是會很開心的。

然而殘酷的現實是，爸媽只想著兩天後便是我喪命的日子，他們根本沒有心情祝福我，我只好待在蛋糕店的玻璃櫥窗前，看著琳瑯滿目的美味蛋糕，想像親朋好友應該會怎麼幫我熱熱鬧鬧地慶生，如果我沒死。

忽然，有個高高瘦瘦的身影自我背後經過，我回頭，見到阿旭手拿一只玻璃罐朝火車站的方向走，玻璃罐裡裝滿了好多星星，一定有一千個。

我跟了他一會兒，搭上火車，阿旭大部分時間都對著窗外風景出神，左手掐住一張往台南的車票，他要回家嗎？我們的家都在南部，阿旭每次回去都會順道看看我。

阿旭到的時候天色已經暗下來了，兩天後才是我的忌日，所以我墓地周圍的雜草還長得高高的。阿旭把那只玻璃罐小心放在一邊，捲起袖子，開始動手清理環境，我在一旁覺得怪難爲情，好像是自己房間搞得亂七八糟，還要別人幫忙打掃。

不過，阿旭非常勤勞地做，他也不怕鬼魅的黑，割下滋生的雜草後，向管理員借來掃帚把四周清乾淨，然後將那一堆垃圾集中起來，點燃打火機，我的墓地前像辦起了營火晚會一樣，劈里啪啦地發亮作響，看著看著，有說不出的歡愉。

接下來，阿旭做了一件令我瞠目結舌的事。他拿起玻璃罐，拔掉軟木塞蓋子，手一倒轉，罐子裡一千顆星星紛紛掉進熊熊火苗之中，我詫異望著那些繽紛的色紙瞬間著了火，化作灰燼。有些戚戚然的哀傷，如同我短暫的生命在還來不及挽回，就已經燃燒殆盡了。

安琪說得對，有一天，他們一定會往我們這裡來，我們卻不能再回到那裡去。然後，然後……

「小艾……」

他跟往常一樣叫我名字，我回神，阿旭用從前款款凝望我的眼神注視我略略泛黃的相片，我的心跳就跟和他交往不久時那樣撲通撲通的。誰知道他只喚出我的名字便不再多說什麼，就這麼沉默好久。不對，他不是故意不吭聲，而是太多太多的情緒哽在咽喉，一時之間不知道該說什麼。

我懂的，阿旭，你要告訴我，你喜歡上別的女孩了。要不然，就是直接向儀君表白，說你其實是很在乎她。我不笨啊！都懂的。

阿旭低下頭，掩了一下嘴，又深深呼吸，平復後，再度將視線回到我清爽的笑容上。

「小艾，我眞的……好想妳……」

明明是帶著涼意的天氣，明明在高溫中熔化的是那些要飛上天空的紙星星，我卻感到足夠灼傷視線的暖流溢滿了眼眶！我的心臟彷彿又活過來似地劇烈鼓動，順著面頰，滾燙的暖流濡濕了我的臉，我立即嚐到鹹鹹的心酸滋味。

「……生日快樂。」

我以爲，我不能再擁有這個世界上許多寶貴的東西，包括眼淚。但是，應該是我十九歲生日的那一天，我竟然傻傻站在原地，任憑淚水奔流得不像話，阿旭，我親愛的阿旭，我根本就不願從你身邊離開……

火花在黑暗中隨著上升氣流飄竄，一千顆星星回到空中去了，而我的靈魂也有了一點暖暖的溫度。

安琪說，我們離他們並不遠，只要聽聽他們心裡的話，就會知道。原來，我不曾孤單飄泊，我一直住在想念我的人們心裡。

然後，有一天，我們還會再見面。

有個遲來的颱風以不快不慢的速度接近台灣北部，入夜後，風雨逐漸增強，這個晚上阿旭特別晚睡，他在趕一篇報告，乖乖早蜷伏在門口踏墊上打起瞌睡。凌晨兩點十七分，阿旭總算關上電腦，打了好大的呵欠，鑽進被窩倒頭就睡。

我悄悄出現的時候，連乖乖也察覺不到我的來到，我無聲無息靠近床頭，低身俯視熟睡中的阿旭。以前我就常這麼做，我喜歡靜靜端詳睡覺中的阿旭，他的面容好孩子氣，是那樣天真，我可以就這麼看一整晚也不想睡。

「阿旭。」

我貼近他耳畔，試著感受他令人懷念的輕柔鼻息。

「阿旭，我要走了，接下來要說的話很肉麻，可是你一定要聽。對不起，我死了，害你傷心難過，我都知道喔！因爲，我一直在阿旭身邊哪！還有，謝謝你這幾年的照顧，我再來要去的地方，將來我們一定可以在那裡見面，這就好像我先上了早班火車一樣，而阿旭，你會給我什麼樣的風景呢？拜託，要快樂一點的，豐富一點的。以後，我不當你的女朋友，我要做阿旭的天使，只要你想起我，我就會來了。最後，跟你說，星星我收到了喔！那，拜拜，阿旭。」

被雨水猛烈擊打的窗戶「喀啦喀啦」作響，阿旭的唇角微微牽動一下，像要說什麼，不過他側個頭，眉頭鬆開了，睡得更沉更深，呼吸均勻，一吸一吐，看起來好安祥。

「乖乖，拜拜。」

我離開之前，輕拍牠的頭，乖乖迷迷糊糊睜開一隻眼睛，動動鼻頭，然後懶洋洋地趴回去。

今夜是個適合飛翔的日子，我覺得現在已經可以了。

我一面依依不捨環顧這個房間，一面步步地往後退，毫無重量的身體穿過窗戶，阿旭和乖乖都睡得十分安穩，一陣瞬間強風吹來，一下子把我推向高空！我乘風飛到了雲端，那方溫暖的小房間變成火柴盒般的大小，我還看見這個颱風的暴風圈呈現美麗的逆時針渦漩，朝北方海面漸漸遠離。

颱風過後的天氣總是格外晴朗，天空和大地被沖洗得乾乾淨淨，一覺醒來的阿旭被地上的抱枕絆了一腳，踉蹌來到窗口。他望向深邃如海的藍天，有點困惑，又有點了然，良久，阿旭彷彿撞見我來不及躲藏到高積雲後的身影，因而開朗地笑了。

人間的歲月如梭，我雖沒那麼在意自己能不能過生日這件事，但還是會幫自己數算如果還活著應該是幾歲了。一個炎熱的夏天，阿旭在海邊向儀君告白，從此他們正式交往。又過一段時間，乖乖誤食了隔壁鄰居隨便亂丟的老鼠藥，嗚呼斃命，牠現在到天堂來陪我。見到我的那天，興奮的乖乖把我的臉舔得濕答答的。

風和日麗的日子，我帶乖乖到義大利的上空，假裝我是要開畫展的藝術大師。

我把不小心飛上天的葉子捲得細長，當作畫筆，在雪白的畫布上描繪出乖乖在地上打滾的討喜模樣。拿一點烏雲的顏色來打底，再用陽光做些許點綴，下雨天還能畫油畫，雖然我不太拿手，但使用雨水來潤飾的效果眞不錯！我想，如果這幅畫可以參展，肯定會讓全世界爲之叫好、風靡！

「嗨！」

我回頭，飛揚的髮絲遮住我幾秒鐘的視線，乖乖又跑又跳，奔去那個陌生男孩的腳邊。那男孩有一雙褐色的眼眸和褐色的頭髮，不是外國人，但有著混血兒的味道，他的睫毛很長很漂亮。

「妳在畫畫？是這隻狗嗎？牠好乖。」

我曉得阿旭現在滿快樂的，因爲他內心深處的平靜與喜悅像五月和煦的風，一陣一陣地吹送過來，我分到了一點點幸福的種子。

「牠就叫乖乖。」

我回答他，男孩聽了，淺淺笑一笑，斯斯文文，有王子般的氣質，跟阿旭是不同的類型。

「我可以看妳畫畫嗎？我好久沒遇到會畫畫的人了。」

「好啊！」

他略爲靦腆地站到我身後的雲朵，低身摸摸乖乖，我則因爲在這裡第一次和年齡相仿的男孩子說話而有點緊張。

在那個世界幸福的開端，也許我們可以先聊聊彼此過世的原因和感想，我覺得這樣眞酷，嘿嘿！

—星星效應—

顏仁泰如此專注、用心投注在她身上的心情，她從來沒發現。
她想要對他說「對不起」和「謝謝」的機會，以後也不再有了，那張被寫滿的大卡片上，她依舊沒有留言。

為什麼那個人不在了，她才一一發現那些不曾被注意到的溫柔點滴呢？

高一生涯才過完一半的某一天，星星一覺醒來，發現「今天」怪怪的。

好像是房裡的日照角度有點偏，手錶戴在手腕上的樣子看起來很陌生，空氣中的溫度沒有昨天來得悶熱，上學途中遇上班上死黨，有些話題她竟然聽不懂……

星星說不出到底是哪裡不對勁，周遭似乎照著往常的步調走，卻不是走在原來的軌道上，是她生活在一個和地球很相像的世界。

然而這點古怪感覺她並沒有在意太久，星星的個性向來就大而化之。

公布欄的評分明天就要開始了，她是學藝股長，今天非加把勁趕工不可，只希望顏仁泰那傢伙不要再搗蛋才好。昨天他竟然把她辛苦裁好的星星紙片全撒進雨後的水坑，星星一度氣哭，這下子再也趕不及照原定計畫完成公布欄布置了。

誰知才踏進教室，星星愣住，簡直不敢相信自己的眼睛！

公佈欄的布置已經完成了！好奇怪，昨天回家前明明才做到三分之二的進度而已呀！

簡單明亮的公布欄如她所預期，唯一不太一樣的是，原本打算用星型的打洞機做出一千張星星紙片，全都變成色紙所摺出來的立體星星，視覺效果更好！一千顆淡粉色系的星星，在公布欄上方鋪成一條美麗銀河，蜿蜒過她吃驚的眼前。

「早啊！星星。」

好友雀兒路過時拍拍她的肩，星星趕忙拉住她，順手指向公布欄。

「這個……什麼時候做好的？」

雀兒做出怪異的表情，失笑。「妳在說夢話呀？評分當天早上趕好的啊！還得第二名咧！」

評分當天？第二名？

星星還想追問，上課鐘已經敲下去了，只好回座位坐好。幾分鐘過後，因爲少了平時惡作劇的干擾，她才注意到左後方的空位。老愛鬧她的顏仁泰請假嗎？

說起來，今天的怪事還眞多，星星發現課堂上老師的進度已經超前至少有一個星期，她完全跟不上，只能鴨子聽雷地猛翻課本。

一下課，立刻跑到雀兒那裡，傻呼呼問：「今天是幾號啊？」

「嗯？」小可歪頭想一想：「十……十七號。」

「咦？已經過十天了……」

「妳今天好奇怪喔！來，拿去。」小風遞出一張大卡片，在她面前揮了揮。「全班都寫好了，交給妳啦！」

星星納悶地打開卡片，裡面寫滿給顏仁泰的話，那些祝福的字眼讀起來就是不太對，「他生日啊？」

這一次，雀兒更懷疑了，小心翼翼打量星星片刻。「喂！妳不要開玩笑了啦！」

「我沒有啊！」

「顏仁泰哪能過什麼生日？他車禍過世了耶！」

星星整個人呆掉了，從小四起就和她同班的那個顏仁泰，聽說九天前外出買東西，被闖紅燈的小貨車撞死了。

那一天，星星完全沒辦法專心聽課，恍恍惚惚的，依稀，彷彿真的有過這麼一回事，只是對她而言，那就像是聽過就忘的新聞一樣，一點真實感也沒有。

放學路上和同學分手後，星星獨自盯著自己的白襪黑鞋在柏油路上來回交錯，慢慢踱步。

顏仁泰的死並沒有帶給她太多悲傷，只覺得惋惜，畢竟他們的交情不算深厚，她對他的印象僅止於班上最調皮、最愛作弄她的男生。

顏仁泰在她小四那年從南部轉學過來，兩人說巧不巧直到高一都還同班。他有健康的膚色，笑起來的時候會露出一口潔白牙齒，哈哈大笑的聲音很誇張，雙眼像原住民一樣的漆黑深亮，身手異常矯捷，最喜歡故意撞倒她手上拿的東西，或是在她好心借給他的課本上塗鴨。

說實話，一想到以後上課再也不會有怪東西丟到她頭上，星星倒是鬆了一口氣。

稍晚，星星在房裡做功課，媽媽忽然帶著一把沒什麼花色的傘進來。

「這是妳向同學借的吧？已經在家裡放很久了，明天一定要記得帶去學校還給人家喔！」

起先，星星反覆審視那把傘，有些摸不著頭緒，後來才想起，有一個下著滂沱大雨的傍晚，同學們一一回家了，剩下沒帶傘的她還待在走廊上，孤單佇立。

「拿去。」不是太客氣的聲音。

星星回頭，發現顏仁泰臭著臉朝她遞出傘。她沒有伸手，深怕又是一場惡作劇，防備地問：「幹麼？」

他突然彆扭起來，對任何解釋感到不耐，霸道地把傘往她腳邊丟。「反正妳就拿去啦！」

才說完，顏仁泰立刻舉起書包護著頭，衝入大雨中。星星狀況外地目送他全身淋濕的背影在街道變得模糊，這才狐疑地撿起那把傘，怔怔地發現，握把的地方還留著熱呼呼的汗漬。

那件雨天的小事，爲什麼這時候想起，會驀然變得那麼清晰呢？就連顏仁泰困擾的表情，也被放大得鮮活起來。

翌日，星星把傘帶到學校去，打算放學後，連同班上一起寫給顏仁泰的卡片交給顏家。

拖到今天都還沒把卡片送出去，是因爲全班只剩星星還沒寫，而她很煩惱到底應該寫些什麼才好。國文課上，星星偷偷拿出那張大卡片，擱在抽屜和大腿之間，想看看其他人都怎麼寫。偷窺顏仁泰在其他人心中的模樣，是有點罪惡感，不過，愈看就愈覺得其實他人也不是那麼壞。

有人懷念顏仁泰的開朗、有人緬懷他一次見義勇爲的事蹟、有人祝福他變成天使快樂地飛來飛去……

「一想到再也看不到你一緊張就紅通通的臉，就好難過喔！」

星星在那句留言上停住視線，說起來，她也見過那樣的顏仁泰。

小六的月考後，導師手術住院了，一向手巧的她代表班上用漂亮的包裝紙摺了三十朵的玫瑰花束，打算探病時送給導師。哪知一個不小心，花束從二樓走廊掉下去，剛好掉在榕樹上，班上幾名女生幫忙用羽毛球啦、板擦啦、鞋子啦朝樹上丟，想把花束碰落下來。就在大家都束手無策時，顏仁泰剛巧經過，他二話不說便爬到樹上，那個時候星星就覺得這男生真像猴子。後來花束順利被拿下來，星星向他道謝，他卻不領情。

「下次不要再這麼笨手笨腳啦！」

星星聽了不介意，她自認自己本來就是溫溫吞吞、做什麼事都慢半拍的那種人。

「你的腳流血了。」

顏仁泰的膝蓋在爬樹的時候被粗糙樹身磨破皮，星星慷慨提供自己的手帕，他不屑一顧。

「我才不要用女生的東西！」

「給你！」

那一次，星星不知打哪來的氣魄，一把將他的手抓來，硬是將手帕塞進他手裡。

星星的指尖才離開他的手，便撞見顏仁泰的臉頰以極快的速度泛紅，拳握的手也捏皺她的手帕。她第一次見到那麼手足無措的顏仁泰，竟也覺得可愛而好想發笑。

直到國文課結束，雖然逐漸想起不少關於顏仁泰的回憶，星星還是沒在卡片上寫下半個字。

隨著季節更迭的制服，被他用力扯掉的辮子在頸邊螺旋狀散開時的搔癢觸感，圖書館一明一暗的光線中他意外專注的側臉……那些片段隨著心臟鼓動，愈發鮮明。可是，到底應該對一個已經不在的人說些什麼呢？

記憶中，她似乎不曾好好跟顏仁泰說過話，一方面是她過於膽小，對於這個老是欺負她的男生抱著敬而遠之的態度。另一方面，顏仁泰大概很討厭她吧！星星想。

不過只有一次，他們難得地交談了一整路。

考完高中的那年暑假，星星自己到學校看榜單，路上，顏仁泰迎面走來，一身輕鬆便服，嘴角殘留著淺淺笑意，後來他也發現她，這才收起興奮的情緒。

「不用看了啦！」就在他們快要擦身而過時，他好心告訴她，「妳考上了。」

對於自己的成績，星星並不意外，只是覺得自己應該回點話，才反問他，「那你呢？」

「廢話，當然也考上了啊！」他臉上的得意毫不隱藏。

「這樣，我們又同校了耶！小學三年，國中三年，高中也三年，哇……」

星星在突發奇想中蹦出輕聲的驚嘆，他們至今為止的緣分總和，令她覺得不可思議。

身旁的顏仁泰則笑嘻嘻的。「八成是妳在學我吧！」

「我才沒有。」她正經八百地反駁，「我根本沒想到你會跟我考上同一間學校。」

「喂！我可是準備得很辛苦才能跟妳……」

他沒來由住口，似乎察覺到自己失言。星星聽不明白，很單純地接口問：

「什麼？」

「……沒有啦！」

他又把臉轉過去了，帶著對她不解風情的懊惱。

那天天氣炎熱，他們並肩走的那條路燙得幾乎要冒出蒸汽，而星星只顧著遮擋刺眼的陽光，和他們在路面的影子所交疊出的怪異圖騰，沒有心思探究他苦苦吞嚥下去的話語。

「才能跟妳考上同一間學校嗎……？」

現在的星星想起那一切，喃喃猜測當時的顏仁泰沒說出的字句。

然而，再怎麼猜也不會有答案，唯一知道答案的人已經不在了。

星星找了雀兒陪她去顏家。兩人離開教室前，星星把握機會問：「雀兒，妳知不知道公布欄那些星星是誰貼上去的？」

小風做出「妳還沒恢復正常」的表情，「妳不知道？」

星星搖頭，爲什麼大家都認爲她應該要知道很多事，雀兒這樣，顏仁泰也這樣。

「難道那不是妳的意思啊？」雀兒接著說：「星星紙片報銷那天，我在社團留得比較晚，後來經過教室，看到顏仁泰很認眞地在貼那些星星喔！」

「顏仁泰？」

「對呀！我以爲他是被妳命令來做補救的。」

那天他和其他男生玩鬧著推擠，不小心害星星紙片飛進水坑，星星曉得他不是故意的，也看得出他十分內咎，卻還是忍不住邊掉眼淚邊對他發脾氣。那一整天顏仁泰格外沉默，失去平時好看的笑容。

星星和雀兒一起來到顏家。顏媽媽神色哀悽，卻還是強打起精神招呼她們。當雀兒刻意輕鬆地和顏媽媽聊起學校趣事時，星星始終凝視一旁鑲有實木相框的照片，裡面的顏仁泰頭戴棒球帽，笑彎的雙眼宛如皎潔新月。

她突然好想念他的笑容，她突然……覺得胸口酸酸的。

星星把雨傘和卡片交給顏媽媽，完成任務以後，在告別時顏媽媽要她們等一會兒，然後進屋子拿出一個透明的玻璃罐，裡頭什麼也沒有。

「你們認識一位名字裡有『星』的人嗎？天上星星的『星』。」

星星和雀兒心有靈犀地面面相覷，「星星」是綽號，她的本名當中根本沒有星字。星星並沒有令人驚豔的長相，倒是有一分靈氣，那是只有女孩子才懂得欣賞的氣質。忘記是什麼時候起，好友擅自叫她「星星」，說她給人的感覺不像太陽或月亮般耀眼，而像發著淡淡光芒的星子。

顏媽媽繼續說：「有一天我發現他用色紙在摺星星，已經有半罐多了，他說那是生日禮物，要送給一位像星星一樣的朋友。可是他車禍前一天放學，突然跑回家把一整罐的星星拿去學校，再回到家時，裡面的星星已經不見了。那天他心情不太好，只說沒有生日禮物可以送人了。如果可以，請妳們幫忙把這個空罐子交給他說的那位朋友。」

原來隔天放學，顏仁泰在商店街被車子撞上，傷重不治。

是不是爲了要另外挑選她的生日禮物才去商店街呢？星星注視著顏媽媽跟顏仁泰幾分神似的臉孔，輕輕閉上欲言又止的嘴唇。

現在沒有人知道了。

晚上，寫完功課，星星抱著空空的玻璃罐坐在床上，發呆好久。

「什麼都沒有……」持平語調才停歇，她接著迸出失控的哽咽。「什麼都沒有啊……」

顏仁泰如此專注、用心投注在她身上的心情，她從來沒有發現。她想要對他說「對不起」和「謝謝」的機會，以後也不再有了。那張被寫滿的大卡片上，依舊沒有她的留言。

爲什麼那個人不在了，她才一一發現那些不曾被注意到的溫柔點滴呢？

星星掉下眼淚，萬般珍惜地捧住那只沒有星星的玻璃罐，想抓住什麼似地，手指緊緊攫著冰涼的罐身。

「回來……顏仁泰回來……」她傷心喚起他的名字，一遍又一遍。

那一夜，星星是哭著睡著的。

翌日一覺醒來，頭感到特別沉，或許是昨晚哭得太累的緣故。

星星無精打采來到餐桌，在經過牆上月曆前方時，失手將杯中牛奶倒出來。

「妳在幹麼啊？」

媽媽嚇一跳，連忙去找抹布。星星卻衝到月曆前，緊盯上頭日期，十一月八日？十一月八日？日子又回到公布欄評分的前一天了……

星星努力回想前兩天發生的事，包括那張大卡片，在學校上過的課程，還有拜訪顏媽媽等等，所有記憶卻轉爲模糊，猶如發黃照片中的景物在一分一秒間快速褪去了。

而她自己有一種回到現實的踏實感。

路上遇見雀兒，雀兒提起昨天學校發生的事，星星都有熟悉的印象。這一切到底是怎麼回事？到底哪一個才是夢境？

「啊！」

星星發出驚訝的喉音，睜大雙眼，直直看住走在前方的男生，老是不把上衣紮進去的背影隨性拎著書包，一個人走著。

「嗯？」雀兒順著她的目光望去，又望回來。「顏仁泰怎麼了？啊……喂！星星！」

她拔足狂奔，著急地想要確認，確認那個人還在，並沒有離開。

「嗚哇！」

星星伸出手，顏仁泰的書包背帶被她使勁一拉，整個人踉蹌退後。

他轉過頭，看著呆掉的星星，莫名其妙。「什麼？」

星星張著說不出話的嘴，逡尋他有血有肉的臉，眼眶熱了起來。

「是眞的人……」她用笨方法捏住臉頰，掐歪了快要落淚的神情。「不是作夢……」

顏仁泰見她一邊面頰紅紅的，一頭霧水，扯回還緊握在她手中的背帶。

「妳在幹麼啦？」

「啊……對不起。」

星星抽回手，不自覺想起過去顏仁泰不露痕跡的心意，一發不可收拾地臉紅，頭低低的，不敢再和他四目交接。

顏仁泰以為她又被自己嚇到，抱歉地放緩語氣，「我又沒有在罵妳。」

星星還是沒有抬頭，反而更畏縮，心臟撲通撲通跳得分外急促。以前不會這樣的，她只當他愛捉弄她而已。

「等一下進教室，不要嚇一跳喔！」顏仁泰尷尬地提起自己做的事。「我昨天雖然毀了妳那些星星，可是我已經用其他星星還妳了，看到公布欄之後妳就會知道。」

星星還來不及回話，班上另一名男生衝過來，問顏仁泰放學後要不要去打球。

「今天不行，我要去買東西。」他回答的時候不好意思看星星。

聊了幾句，那男生快步離開，而顏仁泰忽然聽見後面的星星開口問他：

「你要買我的生日禮物嗎？」

他沒料到她會一猜就中，嚇得吭不出氣。星星既堅持又認眞地說：「如果是的話，那就不用了。」

「咦？」

「因爲，我已經收到了。」她微微一笑，是他從未見過的美麗。「而且，向它許的願望也實現了喔！」

顏仁泰不懂，爲什麼今天的星星感覺有點神祕，好像知道很多事？還有，爲什麼她不再那麼怕他？勇敢得彷彿他如果說喜歡她，星星也會很高興的樣子。

他眞的不懂，但，望著星星羞澀的臉龐染上淡淡紅暈，不知道爲什麼，顏仁泰相信星星眞的收到他的禮物，而滿心歡喜地笑了。

國家圖書館出版品預行編目資料

寂寞物語／晴菜著. -- 初版. -- 臺北市：商周，城邦文化出版；家庭傳媒城邦分公司發行，民 101.04
面　；　公分. --（網路小說；193）

ISBN 978-986-272-138-4（平裝）

857.63　　101004012

寂寞物語

作　　者／晴菜
企畫選書人／楊如玉、陳思帆
責任編輯／陳思帆

版　　權／翁靜如
行銷業務／朱書霈、蘇魯屏
總 編 輯／楊如玉
總 經 理／彭之琬
發 行 人／何飛鵬
法律顧問／台英國際商務法律事務所　羅明通律師
出　　版／商周出版
台北市中山區民生東路二段 141 號 9 樓
電話：(02) 2500-7008　傳真：(02) 2500-7759
blog：http://bwp25007008.pixnet.net/blog
email：bwp.service@cite.com.tw
發　　行／英屬蓋曼群島商家庭傳媒股份有限公司城邦分公司
聯絡地址：台北市中山區民生東路二段 141 號 11 樓
書虫客服服務專線：(02) 25007718・(02) 25007719
24小時傳真服務：(02) 25001990・(02) 25001991
服務時間：週一至週五09:30-12:00・13:30-17:00
郵撥帳號：19863813　戶名：書虫股份有限公司
讀者服務信箱 email：service@readingclub.com.tw
城邦讀書花園網址：www.cite.com.tw
香港發行所／城邦（香港）出版集團有限公司
地址：香港灣仔駱克道 193 號東超商業中心 1 樓
email：hkcite@biznetvigator.com
電話：(852)25086231　傳真：(852) 25789337
馬新發行所／城邦（馬新）出版集團 Cité(M)Sdn. Bhd.(458372U)
11, Jalan 30D/146, Desa Tasik, Sungai Besi,
57000 Kuala Lumpur, Malaysia.
電話：(603)90563833　傳真：(603) 90562833

版型設計／小題大作
封面設計／黃聖文
電腦排版／浩瀚電腦排版股份有限公司
印　　刷／高典印刷有限公司
總 經 銷／高見文化行銷股份有限公司
電話：(02)2668-9005　傳真：(02)2668-9790
客服專線：0800-055-365

■ 2012 年（民 101）3月29日初版　　Printed in Taiwan

定價／200元

ISBN　978-986-272-138-4

商周出版

廣 告 回 函
北區郵政管理登記證
台北廣字第000791號
郵資已付，免貼郵票

104台北市民生東路二段 141 號 2 樓

英屬蓋曼群島商家庭傳媒股份有限公司　城邦分公司

請沿虛線對摺，謝謝！

商周出版

書號：BX4193	書名：寂寞物語	編碼：

請於此處用膠水黏貼

商周出版

讀者回函卡

謝謝您購買我們出版的書籍！請費心填寫此回函卡，我們將不定期寄上城邦集團最新的出版訊息。

姓名：________________________ 性別：□男 □女

生日：西元__________年__________月__________日

地址：____

聯絡電話：__________________ 傳真：__________________

E-mail：____

學歷：□1.小學 □2.國中 □3.高中 □4.大專 □5.研究所以上

職業：□1.學生 □2.軍公教 □3.服務 □4.金融 □5.製造 □6.資訊

□7.傳播 □8.自由業 □9.農漁牧 □10.家管 □11.退休

□12.其他 ________________________________

您從何種方式得知本書消息？

□1.書店 □2.網路 □3.報紙 □4.雜誌 □5.廣播 □6.電視

□7.親友推薦 □8.其他________________________

您通常以何種方式購書？

□1.書店 □2.網路 □3.傳真訂購 □4.郵局劃撥 □5.其他________

您喜歡閱讀哪些類別的書籍？

□1.財經商業 □2.自然科學 □3.歷史 □4.法律 □5.文學

□6.休閒旅遊 □7.小說 □8.人物傳記 □9.生活、勵志 □10.其他

對我們的建議：________________________________

____

____

____

____

請於此處用膠水黏貼